AF345897

Juste une Question de Temps

Juste une Question de Temps

Sarah Barzyk

ISBN : 978-2-9576897-1-2

Pour mes grands-parents Francine et Eugène

Ma chère maman,

C'est la première lettre que j'envoie depuis notre nouvel appartement. Je suis assise par terre au milieu de cette grande pièce vide, qui deviendra bientôt notre salon. J'ai trouvé un vieux crayon à papier au fond de mon sac, c'est avec lui que je t'écris, je ne pouvais pas attendre. T'écrire me donne l'impression que tu partages ce moment avec moi, avec nous. Je suis heureuse d'avoir quitté Paris ! C'est un nouveau souffle, une nouvelle vie qui s'annonce et je vais enfin pouvoir créer mes souvenirs. Ceux que je raconterai à mes enfants, mes petits enfants et à toi, chère maman. Pardonne-moi si ma lettre est décousue, mais je suis tellement excitée, que mon cœur se libère de la syntaxe. Dans mon prochain courrier, je choisirai mes mots avec plus de soin. J'ai tellement hâte que tu découvres la Russie. Je te promets de t'écrire et de penser à toi chaque jour. Cette correspondance deviendra éternelle, et chaque lettre que tu recevras transportera l'énergie et l'amour que je lui aurai donné, pour arriver jusqu'à toi. À travers ce simple bout de papier, tu sentiras mes joies et mes peines. À bientôt.

Je t'aime,

Ta Sarah

Ma chère petite fille,

Je suis heureuse de voir que votre emménagement se passe comme vous le souhaitiez. Le temps à Paris est triste depuis ton départ. De mon côté, j'essaie de m'occuper l'esprit. Le départ de ton père est encore frais et malgré le mal que je me donne pour penser à autre chose, mon esprit ne me laisse aucun repos à la nuit tombée. Je sais que je ne devrais pas résister à la tristesse, que je devrais la laisser me traverser, mais je ne suis pas encore prête. Je préfère penser qu'il est toujours là, qu'il est seulement parti en voyage et qu'il va revenir, un jour, par surprise. Tante Rose vient me voir tous les jours. Elle essaie tant bien que mal de me distraire en me parlant de ses problèmes de santé. J'en sais plus sur le diabète qu'un étudiant en médecine ! Elle est en train de me faire perdre la tête. Je sais qu'elle aime partager les dernières choses qu'elle a apprises, et c'est ma foi très intéressant, mais qu'elle me laisse faire mon deuil tranquille !

Il est bientôt dix-huit heures, la voisine doit venir récupérer son petit chat noir. Il s'est encore caché dans notre jardin. Si tu voyais comme il est mignon. Ses yeux sont tellement expressifs, parfois j'ai l'impression que c'est ton père qui vient me rendre visite.

Je t'aime ma petite fille, continue de m'écrire, j'ai besoin de toi.

Maman

Chère Maman,

Pardonne le retard de ma réponse. J'aurais aimé te répondre plus vite, mais une affaire en entraînant une autre, je n'ai pas pris le temps d'écrire.

Notre déménagement ne se passe pas aussi bien que prévu, mais laissons ces détails, je ne t'écris pas pour me plaindre. Je n'ai pu retenir mes larmes en lisant ta lettre, ta voix résonnait dans ma tête, c'est en lisant ta lettre que je me rends compte à quel point tu me manques. Je culpabilise de t'avoir laissée seule avec Tante Rose. C'est moi qui lui ai demandé de te rendre visite et de te changer les idées. Naïvement, je me suis dit que parler de diabète te ferait penser à autre chose.

Prends soin de ce petit chat, je suis sûre que Papa nous envoie des signes là où il est, s'il te fait penser à lui, alors c'est que quelque part il est là.

Je t'embrasse,

Sarah

Paris, 19 février 19..

Ma chère petite,

Je viens de recevoir ta lettre, à laquelle je réponds aussitôt, car je n'ai pas beaucoup de temps. Tante Rose et Albert m'ont invitée quelques jours à la campagne, nous partons dans quelques heures, leurs enfants Nathan et Micha nous accompagnent, j'espère qu'ils se tiendront correctement. Je n'ai pas le courage de supporter la mauvaise éducation que leur a donné leur père. Tu te souviens du Noël que nous avons passé dans leur manoir, tu devais avoir quinze ou seize ans. Nous avions décidé de célébrer les fêtes avec tante Rose et son Albert de mari. Il n'y a pas un homme au monde qui m'agace plus que lui. Il est d'une incorrection à faire pâlir les jeunes adolescents. Nous avions accepté l'invitation, pour renouer les liens, et pour l'occasion, j'avais décidé de cuisiner un vrai pudding anglais. La recette venait de notre ancienne voisine anglaise Miss Tarrant. Un authentique pudding ! Je voulais que ce dessert soit parfait. J'avais fait toutes les épiceries anglaises de la ville pour trouver les ingrédients. Ça m'a couté une fortune, et pris un temps fou à réaliser ! Si tu savais le mal que je me suis donné, en plus il fallait traduire la recette ! Ne fais jamais de pudding ! Noël arriva, ton père et moi avions acheté des cadeaux personnalités, Albert ne voulait pour ses enfants que des jouets en bois, ou des jeux instructifs qui puissent développer leur sens cognitif. Nous étions arrivés quelques minutes en retard à cause du trafic, et de ce satané pudding qui ne voulait pas se démouler correctement dans le saladier en porcelaine de Limoges que voulait absolument utiliser ton père.

« À quoi ça sert d'avoir un beau saladier, si l'on ne l'utilise pas ? Qu'est-ce que tu veux en faire ? L'emporter dans la tombe avec toi ? ». S'il n'était pas déjà enterré, je l'aurais enfermé avec le saladier !

Après des heures de route, Albert vint nous ouvrir avec une tête d'enterrement, il ne nous a même pas dit bonjour. Albert voyant nos souliers souillés par la boue de leur jardin nous demanda avec une gentillesse inexistante de nous déchausser, et de mettre les patins qui étaient à disposition, en dessous de l'escalier. Tante Rose était sûrement en train de garder les plats au chaud, car lorsqu'elle nous vit arriver elle appuya sur tous les boutons du four, en même temps. Ton père et moi nous sommes excusés de notre retard, et avons posé les cadeaux sous le sapin, toujours sans commentaires d'Albert. Je me souviens avoir déposé le gâteau sur la table de la cuisine à côté d'une plâtrée de petits fours très cuits, en faisant comprendre à Rose que je m'étais donné beaucoup de mal. Ton père peut dire que je ne suis pas ordonnée et que je perds les choses lorsque je me précipite, mais j'ai une bonne mémoire et un très bon sens de l'orientation. Je sais où j'ai posé le pudding ! Les deux enfants sont descendus après qu'Albert les ait suppliés une bonne vingtaine de fois. Nous étions affamés et devions attendre sur ces deux crevures ! Je ne sais pas comment j'ai fait pour les supporter tout le repas. Ils mangeaient avec leurs doigts, c'était insupportable. Arrivés au plat principal, je n'ai pu m'empêcher de faire une réflexion sur le comportement intolérable des enfants, ton père m'a donné un coup de pied sous la table pour me faire taire, la marque m'est restée une bonne semaine, mais je ne pouvais pas me retenir plus longtemps. Cet imbécile d'Albert m'a répondu du tac au tac :

« Savez-vous chère belle sœur que nous sommes en train de former nos beaux enfants à "l'éducation intrinsèque naturelle", c'est une nouvelle méthode qui vient d'Allemagne.

Le pays le plus heureux, le plus propre, le plus droit du monde. Il faut ouvrir vos yeux et votre esprit Sophia. »

J'essaie de reproduire son style pompeux, mais même avec toute la volonté du monde je n'arriverai pas à retranscrire sa suffisance. Il n'a qu'à élever ses deux fils en Allemagne ! Je le vois déjà lui et ses deux gamins intrinsèques, ne sachant pas aligner un mot d'allemand ! Mon Dieu, je m'insurge et le temps passe, je me dépêche de terminer mon histoire. Je ne lui ai rien répondu, et nous avons terminé le repas en bons diplomates. Arrivés au dessert, tu es venue me demander où était le bon gâteau que j'avais préparé. Albert se leva et apporta le plateau de petits fours, qu'il posa sur la table en commentant : « Nathan, Micha et moi vous présentons nos petits fours maison, nous y avons travaillé tout l'après-midi, n'est-ce pas ? » dit-il en regardant Tante Rose, qui acquiesça fièrement. Ton père qui n'ose rien dire n'a pas voulu demander une part de mon gâteau, et nous avons mangé leurs petits fours avec du café tiède. La soirée passa et toujours pas de pudding. Au bout de quelques minutes, avant d'ouvrir les cadeaux de Noël, je suis allée faire un tour dans la cuisine pour voir où était mon précieux dessert, j'allais appeler Tante Rose, lorsque je trébuchai sur la gamelle du chien. Et là qu'est ce que je vois ? Une mixture ressemblant à mon pudding, découpé en morceau. Voilà où étaient passés mes deux derniers jours de travail. Je ne savais pas quoi dire, mon éducation ne me permettait pas de faire une scène, surtout le soir de Noël. La mine défaite, je suis retournée dans le salon, Albert et Rose étaient en train d'ouvrir les cadeaux, c'était la première fois de la soirée que je le voyais sourire. J'ai fait le poing dans la poche comme m'a toujours appris mon père, mais je n'ai jamais oublié. Je prends peut-être trop à cœur cette histoire et Albert est tellement particulier que je ne devrais pas prendre ça personnellement, après tout Tante Rose nous a offert une belle soirée, et les chiens ont profité de mon précieux pudding.

Je vais devoir finir ma lettre pour préparer quelques affaires. J'inscrirai l'adresse de la maison de campagne de Tante Rose au dos de l'enveloppe. J'attends de te lire avec impatience. Dis-moi comment se passe le travail de Jean et comment tu t'occupes de la maison, tu n'as pas trop le mal du Pays ?

Je t'embrasse

Maman

Ma chère Maman,

Que ta lettre m'a fait rire ! Je me souviens de cette soirée comme si c'était hier. Oncle Albert levait tout le temps les yeux au ciel, Tante Rose n'arrivait pas à en placer une, et des enfants voulaient absolument prouver que leur famille était mieux que la nôtre. Je me souviens de toi en train de cuisiner, et papa parler de ce « fichu saladier en porcelaine » qu'est-il devenu aujourd'hui ? C'est très gentil de leur part de t'accueillir au manoir, c'est un endroit magnifique, je suis sûre que tu te reposeras bien là-bas. Je me demande si Tante Rose a gardé le piano qu'elle avait offert à Micha. Albert voulait absolument que ses fils jouent Chopin, il leur avait acheté toutes les partitions, et c'était moi qui jouais à leur place, il était fou de rage. J'aimerais tellement pouvoir te rejoindre au manoir quelques jours.

De notre côté, l'appartement commence à ressembler à quelque chose, nos meubles sont arrivés, il manque seulement mon piano. J'ai hâte de le retrouver, de reprendre mes gammes et mes arpèges. Je lis mes partitions tous les jours en jouant le morceau dans ma tête. Je me suis acheté une petite table, que j'ai posée à côté de la fenêtre, j'aime m'y attabler pour lire, et regarder les gens passer. Je vois la vie et l'énergie défiler. Je me sens protégée, comme dans un musée, où l'on sait que ce que l'on voit est rare et précieux, à la différence que l'art est immortel et que nos corps sont éphémères. Ce que je vois défiler devant mes yeux meurt chaque seconde. Comme dans le roman de Zweig, je pose un vase avec des fleurs sur la table. Lorsque j'ai un peu de temps, je m'installe à ma table avec une tasse de café, et je pianote devant les passants. C'est ce que je faisais avant d'entrer au conservatoire, lorsque je n'avais pas encore de piano. Notre bibliothèque se remplit petit à petit, Jean me rapporte des livres d'une vieille librairie située à côté de son travail. À chaque fois, il m'offre un livre d'un auteur à la mode, que je ne connais pas, ça me permet de vivre un peu plus dans le présent. Je sors peu et la compagnie des livres m'a toujours beaucoup plus enrichie que de rencontrer du monde. Mais je te rassure, je sors quand même, rien que l'autre jour, je suis allée me présenter à notre voisine, Natasha. Je lui ai cuisiné mon premier gâteau russe : un Mouraveïnik. Je ne m'attendais pas à rencontrer un tel personnage, nous avons échangé sur le monde, et la Russie pendant des heures, jusqu'à ce que Jean rentre du travail. Elle est adorable, très russe, un peu trop distinguée pour toi, mais je suis sûre que tu l'apprécierais beaucoup. Je lui ai parlé de toi et ai partagé avec elle quelques photos de famille, elle te trouve charmante. Elle aussi a une fille d'à peu près mon âge, elle s'appelle Pouchka, elle fait ses études à Paris et parle parfaitement le français. Et toi ma chère maman, comment se passe ton séjour au manoir ?

Je pense bien à toi maman.

À bientôt, ta Sarah

Ma chère petite,

Quel plaisir j'ai eu à lire ta lettre, que ces satanés gosses m'avaient cachée pour me faire enrager ! Je serais ravie que tu te sois fait une amie, que je jalouse aujourd'hui, car elle est proche de toi. Moi, je dois me coltiner ces petits salopards qui courent partout et jettent des cailloux sur tout ce qui bouge. Ces imbéciles se sont amusés à « qui lançait le plus loin » et lors d'une gentille promenade aux bras de Tante Rose, lorsque je prenais le temps de sentir une des premières roses de printemps, voilà que je reçois un projectile dans mon chignon. Je me retourne et supplie Tante Rose de regarder dans mon dos pour être sûre qu'il ne s'agisse pas d'une bête, mais elle ne trouva rien. Je continuai de humer, lorsqu'un autre projectile, que je reçus cette fois dans le cou, me fit hurler. Rose persuadée d'avoir été touchée commença à gesticuler dans tous les sens, c'est là que je vis un des gosses, lancer un bout de pain sec dans ma direction. Je le vis foncer sur moi et pourtant je suis restée plantée là, attendant que l'engin brise ma nouvelle paire de lunettes. Rose trop perturbée à trouver « la bête » n'a rien vu, et ces deux suppos de Satan ont largement eu le temps de filer. Tante Rose, qui était rouge de sueur après « une telle frayeur » n'a évidemment pas voulu croire en la responsabilité de ses deux petits anges, soulignant que de toute façon, je ne les avais jamais aimés. Mes lunettes sont désormais cassées et tu te doutes que les enfants n'ont pas avoué. Tante Rose a préféré croire que le vent et la peur avaient eu raison de mes lunettes. Satanée famille ! Ça fait à peine une semaine que je suis ici et les ennuis commencent. Pour me calmer, je vais à l'église, ça me permet de prendre un peu de temps pour moi, de méditer et de penser à ton cher père. L'église est le seul endroit où je trouve la paix. Je tiens à ce que mes vacances se passent sans meurtres. Qu'il me tarde de te revoir et de te serrer dans mes bras. Je dois te laisser, la femme de maison vient de sonner l'heure du diner, et je ne veux pas que ces morveux mettent quelque chose dans mon assiette, et sans lunettes je dois redoubler de vigilance.

Je t'embrasse mon enfant,

Ta pauvre mère

2 Mars 19..

Ma chère Maman,

Je suis navrée de ne pas être là pour leur faire la morale. J'espère que tes lunettes seront vite réparées et que tout rentrera dans l'ordre. Ma pauvre maman, ces vacances te donnent plus de soucis que si tu étais à Paris.

Je t'aime, Sarah

4 Mars 19..

Ma petite chérie,

Ne t'inquiète plus pour moi, tout est rentré dans l'ordre après une forte malheureuse farce. Je vais faire au mieux pour te raconter cette soirée. Ta tante a voulu organiser un grand diner pour détendre l'atmosphère, très tendue depuis l'épisode des lunettes. J'étais ravie de voir un peu de monde, mais forte angoissée à l'idée de ne reconnaitre personne sans mes lunettes. Toute la soirée, les gens se sont moqués de moi, et me surnommaient « la vieille aux yeux plissés », mais comment voulais-tu que je fasse, sans mes lunettes ? Plisser les yeux était la seule manière pour distinguer les formes d'un visage. Mais si j'avais su que ça me donnait un air de folle furieuse, je m'en serais bien gardé. Voilà l'image que les gens ont eue de ta pauvre mère. Enfin, ceci n'est qu'un détail, compte tenu du restant de la soirée. Rose a engagé des domestiques pour distribuer des petits fours et le champagne, la soirée était grandiose et Albert était aux anges. Il parlait à tout le monde, racontait ses récents voyages en Allemagne, et parlait des dernières informations qu'il avait eues en Politique. Il est persuadé que le pays allait devenir la plus grande nation du monde, et que la France bénéficiera de ses richesses. Tante Rose avait convié les gens les plus importants du village : l'adjoint au Maire monsieur Fiotte (ne rit pas ma chérie c'est un homme très gentil et délicat) il y avait aussi le libraire, un musicien qui a joué quelque temps à l'Opéra Garnier. Il y a avait également les femmes de ces messieurs, et une cantatrice. La soirée se passa à merveille. Comme entrée, nous avons eu des petits fours, préparés avec des produits importés spécialement pour l'occasion. À chaque dégustation, nous avions droit à la découverte d'un poème raconté par un des invités, tiré au sort. J'étais surprise de voir tout le monde se prendre au jeu

et avec talent pour certain ! Après l'apéritif, nous avons eu
le plaisir d'écouter la cantatrice qui avait tiré au hasard un
poème de Pouchkine :

*

*   *

Je t'ai aimé, et je t'aime encore peut-être
Pour combien de temps cette flamme brillera
dans mon cœur ?
Elle se consume au souvenir que
tu as laissé à mon âme
Que cela ne t'afflige pas.
Je t'aimais dans un silence désespéré
Jaloux et timide les jours s'en souviennent
Heureux celui que tu as trouvé pour t'aimer
Aussi tendrement que je t'ai aimé.

*

*   *

J'aurais tellement aimé que tu sois là, c'était magnifique
et que la cantatrice était belle. Elle portait une de ces belles
robes en mousseline roses, comme on voit dans les films.
Après ce passage littéraire, nous nous sommes rendus dans
le petit salon, où avaient été arrangées quelques tables sur
lesquelles le maître d'hôtel avait disposé des canapés de
toutes sortes. J'ai eu la mauvaise idée d'en goûter un avec
des choux de Bruxelles marinés dans une sauce tartare, ce
qui en soi était très original, mais à ne pas faire. J'ai goûté
à tout ! La soirée se passait à merveille, j'eus le plaisir de
faire la connaissance du médecin du village, un grand ami
de ta tante. Ils ont l'air d'être très complices. C'est très

pratique de bien s'entendre avec son médecin, lorsqu'il y a un problème, il sera toujours là pour se déplacer. Ce que les jeunes d'aujourd'hui ne font plus. Il faut avouer que les étudiants font des études pour avoir une bonne situation en attendant la retraite. Quel dommage quand j'y pense, passer plus de la moitié de sa vie à attendre la fin de celle-ci ! Je me rends compte de la chance que j'ai eu d'avoir un métier que j'aimais. Enfin, je m'éparpille, la soirée battait son plein, j'ai rencontré des personnes fort intéressantes que je serais bien incapable de reconnaitre. Nous étions tous en train de converser politique, lorsque ces deux affreux, que nous avions eu le bonheur de ne pas apercevoir de la soirée, étaient en train de préparer leur farce. Les petits fours salés étaient en train d'être débarrassés pour faire place aux gourmandises. Comme tu le sais, Tante Rose n'a pas le droit de manger trop sucré à cause de son diabète. Voici qu'un des gamins lui tend un petit four avec une framboise fraiche posée sur le dessus, elle refuse gentiment, mais voyant la déception de son fils, se laisse finalement aller à une petite friandise. Elle mit le dessert en bouche, et devint rouge comme une écrevisse. Elle déglutit sur le pauvre serveur, et son complet veston. Ces sales garnements avaient caché un bout de piment à l'intérieur de la framboise. Notre pauvre Tante Rose qui crachait ses poumons chercha quelque chose à boire pour se soulager. C'est alors que son autre fils lui tendit un verre d'eau, qu'elle but d'une traite, les yeux rivés sur le plafond. Pensant que le mal avait passé son chemin, quelques invités, dont l'adjoint au Maire et le médecin, se mirent en face d'elle pour la rassurer. Voilà qu'elle lâcha le verre qui se brisa en mille morceaux sur le sol, elle régurgita le breuvage sur l'adjoint au maire et ce pauvre médecin. Ces deux pestiférés avaient mis du sel dans le verre d'eau de leur pauvre mère. Au bord de l'évanouissement, Tante Rose voulut s'assoir sur le fauteuil le plus proche, mais elle glissa sur sa robe et s'étala par terre enfonçant son derrière dans les bouts de verre. À la vue du sang, les enfants ont hurlé de peur et sont partis en courant. Le médecin couvert des petits fours régurgités aida Rose, qui hurlait de douleur, à se relever et l'emmena dans une autre pièce pour la soigner. Cette soirée qui avait si bien commencé termina en cauchemar, nous ne savions plus où nous mettre. Malgré ma myopie, j'ai réussi à raccompagner les invités à la porte, et me suis excusée au nom de tante Rose pour cette malheureuse fin de soirée. Résultat, je me suis retrouvée seule avec le docteur et les domestiques à tout ranger, sans mes lunettes et sans les enfants qui se faisaient corriger par leur père. Albert était horrifié, il hurlait dans toute la maison qu'il avait été humilié devant la France entière, et que cela ne serait jamais, jamais arrivé en Allemagne !

Tante Rose se remet tout doucement. Le point positif, si j'ose dire, est qu'elle a insisté pour me rembourser ma paire de lunettes, en s'excusant du comportement inacceptable de ses enfants. Résultat, j'aurai deux paires de lunettes, en espérant que celles-ci durent le reste du séjour. Albert ne s'est toujours pas remis de son humiliation et a décidé d'envoyer les enfants dans un camp de redressement « illico-presto ». Ne me demande pas où, je n'en ai pas la moindre idée et je n'ai pas l'intention de demander de leurs nouvelles. J'ai assez entendu parler d'eux pour toute une vie !

Nous avons à présent le manoir pour nous toutes seules et je vais enfin prendre du temps pour me reposer et lire. Je vais commencer par Pouchkine, il me fera penser à toi. Voici les aventures de ta pauvre mère, ma chérie, comme tu le vois, ma retraite n'est pas de tout repos. Je pense bien à toi et attends avec impatience ton prochain courrier.

P.-S. : As-tu reçu ton piano ? Tante Rose aimerait t'envoyer des partitions.

À bientôt, ma petite,

Je t'aime, Maman

Ma chère Maman,

Quelles aventures ! Ton dernier billet nous a fait rire Jean et moi. Je te prie d'apporter notre soutien, et amitié à Tante Rose, nous pensons bien à elle. Vous retrouver au calme vous fera le plus grand bien. De mon côté, mon piano n'est toujours pas arrivé. Mes mains pianotent sur ma table, mais je commence à me lasser d'imaginer le son des notes. J'imagine ce que devait ressentir Beethoven. Quel malheur pour un pianiste de perdre son ouïe !

Remercie Tante Rose pour les partitions, je les accepte avec plaisir. Concernant notre emménagement, Jean a beaucoup d'idées pour en faire un lieu agréable. Il prend bien soin de moi, j'ai beaucoup de chance d'avoir un homme comme lui à mes côtés. Papa l'aimait beaucoup et il serait heureux de nous voir ensemble dans ce bel appartement. Il y a quelques jours, Jean m'a fait découvrir un nouveau roman d'espionnage, recommandé par le propriétaire de la vieille librairie, dont je t'avais parlé. Le propriétaire aimerait prendre sa retraite, mais il n'a pas trouvé de repreneur. Lui et sa femme n'ont pas d'enfant et personne n'héritera de cette librairie qui lui tient tant à cœur. Cela fait près de quarante ans qu'il y travaille. Te rends-tu compte ? Toute une vie passée au milieu de Doestoievsky, Goethe, Tchekhov… Quel privilège de pouvoir transmettre aux jeunes lecteurs les âmes d'un autre siècle. C'est magique, la littérature est notre arme pour remonter le temps. Que j'aimerais me retrouver enfermée à l'intérieur d'un livre, et vivre la vie d'un des personnages. Il y a tant d'histoires, tant de choses que nous rêvons de faire et que nous ne ferons jamais. La littérature nous permet de réveiller en nous tous ces rêves enfouis. Oh, maman, comme j'aimerais avoir plusieurs vies, comme j'aimerais pouvoir être l'auteur de mon histoire, découvrir d'autres continents, d'autres amours, d'autres familles…

Je suis triste. Pardonne-moi de te le dire. Cela doit être une passade, une journée morose. Les fleurs sont en train de faner à la lumière du jour, comme moi. Malgré ma jeunesse, je me vois vieillir, je sens que j'ai moins d'envie, que j'ai gagné en stabilité et en calme. J'ai perdu ma fougue, l'intérêt de vivre. Je reste à pianoter sur cette table, à regarder les partitions que le temps a jaunies, ces partitions que je regardais il y a quelques années pour la première fois. J'attends, en regardant les âmes passées par la fenêtre, que Jean rentre pour avoir une vie qui sert à quelque chose. Jean s'est rendu compte de mon ennui, c'est pourquoi il a demandé au libraire si je pouvais le remplacer de temps en temps, pour apprendre le métier, et pour sortir de cet appartement, que je rends noir par ma morosité. Excuse les lamentations de ta pauvre fille qui consume sa jeunesse dans le bonheur d'une vie parfaite en apparence, tu n'as pas besoin de ça. Tu dois te dire : si seulement elle pouvait faire un roman de ses jérémiades, les gens heureux se les arracheraient, et les gens tristes s'y reconnaitraient. Peut-être en ferais-je un roman un jour, et tu auras été la première à le lire. Il est déjà tard, et j'ai passé la moitié de l'après-midi à t'écrire, je dois préparer quelque chose à manger pour Jean ce soir. J'ai revu Natasha, elle t'embrasse, sa fille viendra peut-être avec son amoureux dans les semaines qui viennent, il joue aussi du piano.

Je t'embrasse ma chère mère, et pense fort à toi. Ne te fais pas de soucis, je vais bien, j'ai tout ici pour être heureuse.

Adieu, ta fille Sarah

Ma chère et tendre fille,

Que ta lettre m'a rendue triste ! Pourquoi ce désespoir à ton âge, alors que ta vie démarre ? Que s'est-il passé ? Tu peux tout me dire ma chérie, et tu peux revenir quand tu veux. Reprends vite des forces. Je partage l'avis de Jean, je pense que travailler dans un lieu que tu aimes te fera le plus grand bien. Donne-moi vite de tes nouvelles… Je m'inquiète…

Je t'aime, Maman

Le 15 mars 19..

Chère Maman,

Je suis désolée que ma dernière lettre t'ait fait de la peine. J'ai écrit sans réfléchir, me laissant emporter par le mal du pays. Il n'y a aucune raison de t'inquiéter, je vais beaucoup mieux depuis que Jean m'a présenté au propriétaire de la librairie. C'est un petit homme typiquement russe, que tu aimerais beaucoup. Si tu savais comme sa librairie est belle. Il cherchait depuis des mois quelqu'un de confiance, pour le remplacer de temps en temps. Sa femme a de graves problèmes de santé, et il doit travailler pour payer les médicaments, et les accommodations que le traitement demande.

Lorsque je suis rentrée dans sa boutique, j'ai eu l'impression que le temps s'était arrêté. Elle me fait penser à un de ces vieux magasins d'antiquité où le présent et les siècles se mélangent. Je suis sûre que cette librairie regorge de trésors. Dès que je suis entrée, j'ai été transportée dans un autre univers, elle porte l'odeur du temps, que je n'avais pas retrouvé depuis que nous avons débarrassé le grenier de mamie. Il y avait cette odeur sèche et humide comme celle du papier, ou du bois séché. On dit qu'il ne reste rien de la matière lorsque le temps passe, on se trompe. Le passé laisse une trace et les meubles autant que les livres s'expriment. Sinon, comment un roman, laissé dans un coin de grenier depuis des années, pourrait dégager une odeur, qu'il n'avait pas au départ ? Les livres et toutes les matières nous parlent, il suffit de laisser nos sens les observer. Le philosophe Locke disait que « la matière ne pouvant ni s'exprimer ni penser, ne pouvait pas être utilisé pour expliquer l'origine du monde ». Je ne suis pas d'accord avec lui. Regarde comme les livres, le papier, les meubles évoluent et changent au fil du temps. Ils nous racontent une histoire. Le bois usé d'une malle nous raconte qu'un temps elle fut jeune, polie, vernie. Si l'on regarde bien, on voit les fissures de la vie, comme les rides d'une femme. On peut y voir, incrusté dans un coin silencieux, les dents d'un chiot offert à Noël, et si on fait vraiment attention, en la soulevant nous verrions les rayures faites lorsqu'on la trainait de pièce en pièce. Si l'on soulève le couvercle, on peut deviner la place des jouets, sentir l'odeur des gâteaux, l'agitation, et l'abandon. Comment ne peut-on pas se rendre compte qu'elle a changé de forme avec l'humilité, qu'elle grince à cause de ses charnières rouillées, que les rebords de son visage sont cognés, mais elle est toujours là. Cette vieille malle abandonnée au fond d'un grenier a vécu, tout comme moi, tout comme nous. Non, Locke a tort. Dieu a donné vie à la matière et lui donné la parole, mais nous sommes tellement persuadés qu'il n'y a rien au-dessus de nous, que l'orgueil nous aveugle. La matière vit et meurt autant que nous, nous ne lui donnons peut-être pas suffisamment d'attention, c'est pour ça qu'elle ne cherche plus à communiquer, elle a perdu espoir que nous l'entendions un jour. Lorsque nous déménagions le grenier de mamie, au fond d'une malle, j'avais découvert une poupée. Elle me regardait avec des yeux tristes, comme ceux des enfants dans un orphelinat. Tristes, mais remplis d'espoir, chose que nous ne voyons pas chez les enfants de la chance : l'envie de vivre et d'être aimé plus qu'aucune autre personne. Tu sais, lorsqu'on dit qu'une personne parait plus vieille que son âge, et bien c'est un peu ça. Cette poupée avait été jeune, et lorsque je l'ai retrouvée blottie dans ce coin humide et sombre, elle a ouvert les yeux, de grands yeux bleus nourris d'espoir. J'ai voulu la prendre dans mes bras, pour lui dire qu'une seconde vie l'attendait et que je ne la laisserais pas seule. C'est à ce moment que Papa m'a prise par la main. Je lui ai demandé si je pouvais garder la poupée, il m'a regardé

et avec toute la bienveillance et l'amour d'un père, il m'a
répondu.

— Ça fait trop longtemps qu'elle est là ma chérie, elle
doit être pleine de saletés. Tu en auras une neuve une pour
ton anniversaire.

Les yeux de Papa brillaient, je sentais qu'il était heureux
de m'offrir ce cadeau, alors j'ai hoché la tête et laissé le
couvercle du temps se refermer. Je pense souvent à cette
poupée, un jour nous lui ressemblerons tous. Nous serons
enfermés dans une malle, et de temps en temps des gens du
souvenir passeront avant de nous oublier pour faire place à
de nouveaux souvenirs. Que c'est triste l'oubli, maman.

Me revoilà en train de repartir dans mes pensées ! Quelle
mauvaise conteuse je fais, je te parle du passé alors que je
suis en train de construire l'avenir. Laisse-moi reprendre le
cours de mon histoire. Vladimir m'a montré comment ré-
pertorier les livres. C'est un peu compliqué, car il navigue
entre les livres anciens, et les nouveautés. Les nouveautés at-
tirent beaucoup plus de monde, et Vladimir a toujours tenu
à être « à la page ». Il dit qu'il fut un temps où ni Tourgueniev,
ni Austen n'étaient considérés, et que c'est le temps qui leur
a donné succès. Lui souhaite accueillir les nouveaux talents,
et leur laisser une place aux côtés de leurs mentors.

« Il faut savoir reconnaitre le talent de son temps, dit-il. Il
y en a dans chaque génération, que ça nous plaise de l'admettre ou non. Rien n'était mieux avant, c'est la nostalgie
de l'homme qui s'exprime, elle est toujours plus forte que
le présent. »

Il pense que l'homme n'aime pas le présent, car il doit
agir pour le bâtir. Le passé est beaucoup plus simple, car il
ne demande aucun autre effort que le souvenir. Il se trouve
que l'homme n'aime pas beaucoup l'action, cela prend

trop de temps et n'atteint jamais la perfection, alors que les souvenirs, les rêves, eux sont parfaits. L'homme est un éternel nostalgique. Que je suis heureuse que Jean m'ait fait connaitre un homme si sage. Depuis que je l'ai rencontré, je vais tous les jours à la librairie, je n'y travaille pas encore, mais je regarde comme il s'occupe des clients. C'est fou tout ce que je peux apprendre, rien qu'en le regardant travailler. Il essaie de me faire jouer à un petit jeu qui consiste à deviner, en fonction de l'allure du client, quels livres celui-ci va choisir. Il m'assure qu'avec son expérience, il est incollable.

Vois maman, comme mes propos ont changé depuis ma dernière lettre, Jean et toi aviez raison, il fallait que je travaille. Je pense bien à toi ma chère mère, dans l'attente de te lire, je t'embrasse de tout mon cœur.

Ta Sarah

Ma chère petite fille,

Je suis ravie d'apprendre que tu vas mieux. C'est important d'avoir un travail, ça te donne une raison de te lever le matin, et de ne pas t'encombrer l'esprit de pensées inutiles. J'espère que ce travail te donnera l'énergie dont tu as besoin.

Depuis que les enfants sont partis, Tante Rose et moi prenons du bon temps. Il nous arrive de faire de longues balades dans les bois. Nous parlons de ton père, et de leur enfance. Je comprends pourquoi Rose et son mari ont voulu une éducation plus souple pour leurs enfants, tes grands-parents ont été très stricts avec eux. Enfin, rien n'excuse les bêtises de ces deux crevures ! Tu sais que ton papa a été élevé dans un petit village, son père, immigré, avait réussi à gravir les échelons et devenir contremaître. Il gérait une équipe de gars plus incroyables les uns que les autres, qui racontaient toujours des histoires de toute sorte pour avoir une avance sur leur salaire, et le dépenser dans l'alcool. Ta grand-mère n'était pas non plus une femme facile, et comme son mari travaillait beaucoup elle menait à la baguette ses deux enfants. Dès son plus jeune âge, ton père s'était montré curieux de tout, autant dans la menuiserie que dans la philosophie, sa mère lui voyait un très bel avenir et le négligeait à cause de ça. Figure-toi qu'un jour elle lui a dit : « Toi tu sais te débrouiller, alors tu n'auras pas d'héritage, tu n'en auras pas besoin, mais ta sœur oui, car elle n'est pas aussi douée que toi. » Je m'étais toujours demandé pourquoi ton père n'avait pas réclamé sa part à la mort de ses parents. Il fut un temps où je me suis même demandé, si Albert, n'avait pas magouillé le testament, avec ses hautes connaissances il aurait pu nous la faire à l'envers, mais non, c'était bien le souhait de ta grand-mère. Tante Rose et moi étions en train de regarder les trésors que cachait le grenier du manoir, et nous sommes tombées sur quelques écrits de ton père. Il avait tenu un journal pendant ses années de séminaire, une instruction respectable, mais humainement trop difficile. Il y a vécu plusieurs années. Il m'avait raconté qu'une fois, il était tellement malade qu'il a supplié le curé pour voir un médecin et rentrer à la maison. En rentrant chez lui, ta grand-mère l'a emmené voir le docteur, et celui-ci lui a répondu que s'il restait un jour de plus au séminaire, il ne serait plus de ce monde. Son corps d'enfant était beaucoup trop fragile pour supporter la dureté de cette éducation.

Ton cher père me manque, je lui ai toujours dit que j'en avais marre de l'entendre raconter ces histoires, mais aujourd'hui, je regrette de ne plus les entendre. La vie est faite comme ça, je ne peux pas regretter de l'avoir perdu, je remercie le ciel d'avoir eu la chance de le connaitre.

Adieu, ma chère fille.

Maman

Ma chère Maman,

Je suis heureuse de savoir que Tante Rose et toi prenez un peu de temps pour vous. C'est une belle période en France pour faire des balades en forêt. Quelle chance vous avez de profiter des saisons. Ici, il n'y a en a pas vraiment. Il fait encore trop froid pour que les fleurs pointent le bout de leur nez, et les arbres n'ont pas repris leurs couleurs, le temps est triste et les Russes ne sont pas très drôles, sauf lorsqu'ils ont bu.

Vladimir est très patient avec moi. Je lui ai demandé de deviner le genre de livre que je lisais, et je te jure qu'il a trouvé les cinq premiers auteurs de ma bibliothèque ! Comment est-ce possible ? Soit cet homme est magicien, ou c'est Jean qui lui a donné des indices ! Tout à l'heure en me promenant, j'ai vu dans une vitrine un joli coussin avec écrit : « Je le verrai le jour où j'y croirai ». N'est-ce pas une phrase fantastique ?

Cette phrase a transformé ma journée. J'ai commencé à imaginer une autre vie à travers les vitrines, des poupées qui se mettent en vie, des mondes parallèles au nôtre, des esprits, des gens que nous aimons qui nous regardent et traversent notre corps, comme une fumée traverse les murs. Tu vas me prendre pour une folle, mais en lisant ta lettre, je sentais la présence de papa dans la pièce. Comme si lorsque tu parlais de lui, son âme apparaissait, et que l'écriture le faisait revivre. Je sentais ses yeux se poser sur moi, et la fraicheur de son âme cristalliser mes veines. Le temps s'est arrêté l'espace d'une seconde. Tout s'emmêlait pour ne faire qu'un. Tu crois que ça peut être vrai maman ? Tu crois que les morts ne meurent pas vraiment et qu'ils peuvent voler dans l'air que nous respirons ? Tu crois qu'ils peuvent être parmi nous, sans que nous puissions les voir ?

Oh, maman, tu vas encore dire que j'ai beaucoup trop d'imagination et que je devrais me préserver. Mais si tout cela était vrai, comme dans le Horla. S'il y avait une vie autour de nous, que nos yeux étaient incapables de voir… Je veux y croire. Je ne souhaite pas me réincarner dans une autre matière, j'aimerais que mon âme nage dans l'air, en particules invisibles pour l'homme, mais perceptibles pour l'âme. Maman, les rêves, nos pensées, notre esprit, la voix qui parle à l'intérieur de nous quand nous sommes seuls et désespérés, cette voix est peut-être aussi physique et palpable que notre chair, mais nous ne sommes pas suffisamment éveillés pour les voir. Seule la musique fait résonner nos corps, c'est elle la langue universelle ! Et dire que les Hommes ont créé des Dieux, alors que la réponse est dans les vibrations, où nos corps enivrés par des sons nous font découvrir un autre monde, plus beau et doux. Un monde, où sans matière, nous pouvons avoir plusieurs vies, où nous serons immortels, et libres de voyager dans la nuit, et le jour, et les galaxies. Une vie où nous n'aurions plus besoin des mots pour nous exprimer ou faire la guerre, une vie où ce mot n'existerait pas, où le vent seul nous transporterait…

Que la pensée est belle, et pure. La pensée n'a ni matière ni limite. Et si les scientifiques s'étaient trompés ? Si la matière n'était pas la réponse. Mais que la force de la pensée, de l'imagination, l'était… l'homme serait peut-être capable de comprendre la création de l'univers en prêtant attention à son âme, à la voix qui résonne à l'intérieur de lui, comme le bruit des tambours qui annonce l'arrivée du Messie, ou d'un Général. Mais il faudrait alors que nous soyons vierges, sans connaissance, sans peur ni espoir pour pouvoir entendre son message… l'Homme en est-il capable…

Est-ce que j'en suis capable ?

Ta Sarah

Le 27 mars 19..

Ma petite fille,

Pardonne le temps que j'ai mis à te répondre, mais Tante Rose a eu un malaise très inquiétant cette semaine. Nous faisions notre promenade quotidienne, lorsqu'elle s'est arrêtée, la main sur le cœur. J'ai d'abord pensé qu'elle avait besoin d'un peu de temps pour reprendre son souffle, mais eu quelques vertiges qui l'empêchèrent de continuer notre marche. Nous nous sommes assises près d'un arbre, et avons attendu que la crise passe. Elle m'a avoué que depuis quelque temps elle faisait des crises d'hypoglycémie. Après une vingtaine de minutes, nous sommes rentrées à la maison, et avons appelé son ami médecin. Il a pris sa tension, et nous a recommandé de sortir avec de petits morceaux de sucre au cas où les vertiges reprendraient, mais il nous a recommandé de continuer la marche. Rose est de plus en plus inquiète pour sa santé, elle lit beaucoup de livres, plus contradictoires les uns que les autres, ce qui la rend encore plus nerveuse. Le docteur m'a fait savoir qu'elle serait sujette dans quelque temps à des crises de colère. Tu parles si ça me donne envie de rester ici ! Mais je ne peux pas faire autrement, Albert est avec les enfants à Paris, et je ne peux pas laisser Rose toute seule dans cet état. J'ai décidé de prolonger mon séjour jusqu'à ce qu'elle se sente mieux.

Je ne suis pas sûre d'avoir bien compris ta lettre ma chérie. Tu disais que tu voyais des fantômes ? As-tu des hallucinations ? J'espère que Jean s'occupe bien de toi, veux-tu que je te trouve un spécialiste à Pétersbourg ? Je peux me renseigner auprès de mes collègues.

Je t'embrasse

Maman

Ma chère Maman,

Ne t'inquiète pas, je n'ai pas besoin de médecins. Je commence à prendre mes marques et à organiser une routine qui me convient. J'ai revu Natasha, elle prévoit l'arrivée de sa fille et de son ami. Si tu voyais comme son appartement est beau. Elle a un goût exquis qui rendrait jaloux les décorateurs de films. Pour te donner une idée, lorsqu'on entre dans la pièce principale, nous sommes accueillis par une sublime table en marbre rose et de grands fauteuils de velours verts qui s'accordent avec un canapé assorti. Un lustre vient éclairer la pièce d'une couleur aussi chaude que les flammes d'une cheminée. En journée lorsque les lourds rideaux ornés de pompons or sont ouverts, on aperçoit par les fenêtres une des allées principales de Pétersbourg. Je suis sûre que je resterais des heures devant cette fenêtre à regarder les gens courir de vitrine en vitrine. Que Pétersbourg est belle maman ! Quelle ville magnifique à observer, lorsque nous sommes au chaud et protégés derrière les vitres d'un salon aussi chaleureux. Une grande porte en bois vernis donne sur une grande bibliothèque. Les couleurs me font penser à celles de la Bibliothèque Mazarine, à Paris. Celle où les philosophes d'un autre siècle regardent les étudiants travailler sur des domaines dont ils n'avaient pas connaissance à l'époque. Combien de ces philosophes auraient aimé connaitre le quart de ce que nous connaissons aujourd'hui ? Combien sommes-nous à vouloir voyager dans le temps ? Paris me manque. C'est en regardant la bibliothèque de Natasha que je me suis rendu compte que j'aimais ma patrie, que j'aimais Paris. Sa culture, ses rues secrètes, ses romans aussi historiques que ses guerres. Lorsque je travaillais à Mazarine je pensais à Zola. Jean m'avait conseillé de lire Thérèse Raquin, et nous avions parcouru

Paris, pour retrouver la petite maison du roman. Le temps l'avait remplacé par une boutique d'art. J'ai levé les yeux et pensé à la jeune fille qui regardait, cachée derrière sa fenêtre, le prétendant qui venait lui déposer une lettre. Est-ce que lorsque tu rentreras à Paris, tu pourras m'envoyer une carte de Mazarine ? Je le garderai près de moi, cela me rappellera Paris et le buste de Sophocle auprès duquel j'avais l'habitude de travailler. Détail surprenant ! Natasha a installé un grand billard dans une des pièces. Son mari aimait jouer avec ses amis, après avoir parssé des heures à parler de politique et de l'avenir de la Grande Russie. Elle m'expliquait qu'elle et ses amies, n'avaient pas le droit de s'y installer lorsque les hommes y étaient présents, les femmes n'y connaissant rien selon eux en politique et n'avait rien à faire dans ce salon réservé aux grands hommes. Un jour elle entra dans la pièce et donna son avis sur la tentative d'assassinat de Lénine. Elle avait osé dire que cette tentative était une très bonne chose pour sa Patrie, que cela ferait bouger les choses, que le peuple russe ne serait jamais soumis à une nouvelle dictature, quelle qu'elle soit. Son mari était furieux de cette intrusion, et pourtant quelques semaines plus tard, les amis hauts placés qui avaient été témoins de cette scène lui ont envié sa femme. Reconnaissant qu'il était agréable d'avoir une femme avec qui échanger et qui s'intéressait à la vie politique plutôt qu'à faire les tâches secondaires. Ils n'ont jamais eu de meilleures relations depuis ce jour-là. Elle croît dur comme fer, que les femmes un jour sortiront grandies de toutes ces guerres, car pour elles se sont les femmes qui sauvent le monde lorsque les hommes se battent, et que sans leur courage, leur force, leur détermination et persévérance un homme aussi fort soit il ne pourrait pas vivre longtemps.

Enfin, tout ça pour te dire qu'en voyant le magnifique

appartement de Natasha, je ne peux m'empêcher de me dire que je suis loin, très loin d'avoir autant de goût qu'elle. Sa fille arrivera en fin de semaine et son ami un peu plus tôt. J'ai vu une photo d'elle sur le piano, elle est sublime, et ressemble à une princesse russe. Le visage rond, de grands yeux bruns, une petite bouche qu'elle peint en rouge et de longs cheveux châtains qui descendent sur ses épaules. Je me demande à quoi ressemble son compagnon, les deux doivent former un beau couple. Natasha est tellement fière d'elle. J'aimerais te rendre aussi fière, mais Dieu a voulu que tu aies pour fille une rêveuse indisciplinée, qui se pose trop de questions et qui ne fait rien comme tout le monde. Que j'ai honte de ne pas avoir poursuivi mes études, de ne pas avoir pu vous offrir ce diplôme que vous espériez tant. Si je l'avais eu, vous l'auriez affiché fièrement. Vous auriez été fiers d'avoir mis au monde un être suffisamment doué pour servir l'humanité, avec intelligence. Je ne suis pas la dernière des idiotes, mais je n'arrive pas à la cheville des autres jeunes filles. Je n'ai pas voyagé, je n'ai pas de diplômes à afficher. Je n'ai connu que la rêverie, la musique et les livres. J'ai vécu ma vie dans un monde parallèle, comme si celui-là ne me ressemblait pas, ou qu'il ne voulait pas que je lui ressemble. Maman as-tu mis au monde une bête suffisamment stupide, pour qu'elle ne se rendre pas compte de la chance qu'elle a. Me revoilà en train de me plaindre et de douter de ma place sur terre. Excuse-moi, j'écris trop et mes idées ne prennent pas le temps de se mettre en place. J'ai l'impression que mon cerveau ne filtre rien, qu'il passe de pensée en pensée sans se souvenir de ce qu'il voulait dire au départ. Je me poserai moins de questions lorsque j'aurai mon piano. Si je ne reçois pas dans quelques jours je vais devoir faire réclamation et je ne maîtrise pas assez le russe pour me défendre avec l'administration.

Je n'ai pas que de mauvaises nouvelles, au contraire, il s'est passé quelque chose d'amusant à la librairie. Vladimir a dû s'absenter pour quelques heures et il m'a demandé de le remplacer. J'étais en train de ranger les nouveaux livres par ordre alphabétique, lorsqu'un homme entra. Il avait un chapeau qui cachait une partie de ses yeux et un complet veston en laine, gris foncé. Il entra dans la boutique d'un pas doux et contemplatif. Il avançait en regardant autour de lui, comme s'il était dans un musée. Je crois même qu'il ne m'a pas vu, car il ne m'a même pas dit bonjour. Il était tellement subjugué, que je n'ai pas osé le déranger. Je le regardais marcher dans les allées et pensais au jeu de Vladimir : « On peut connaitre les goûts littéraires des gens en un regard. » Il me faisait penser à Cary Grant, élancé, le port de tête droit. On sentait aussi qu'il aimait les livres, il les touchait comme des objets précieux. Au bout de quelques minutes, l'air interrogé, il sortit un livre, l'ouvrit, lut rapidement le petit mot que Vladimir avait placé à l'intérieur, puis le remit à sa place. Lorsque Vladimir finit un roman, il prend l'habitude de laisser une note personnelle. Les lecteurs aiment beaucoup et ça crée un lien avec le libraire. Vladimir m'a dit qu'un jour un client avait fait un album regroupant ses petits mots. J'ai hâte d'en faire moi aussi. Je continue l'observation de notre visiteur. Cet homme devait être un citadin, mais pas de Pétersbourg. Ici les gens sont hautains, et demandent à ce qu'on s'occupe d'eux comme des tsars. Plus tu en fais avec les Russes, plus ils achèteront, mais ils ne seront pas aimables pour autant. Tout est exagéré ici, même dans une simple librairie. Cet homme n'était donc pas russe, bien qu'il ait cet air froid et distant. C'était peut-être un voyageur qui venait se réfugier dans un lieu où la pensée n'a de frontières que la langue. Après avoir fait le tour des romans épistolaires, il s'accroupit au rayon philosophie. Moi qui étais persuadée qu'il allait prendre un livre de voyage ou un roman policier ! Ça parait un peu cliché, mais avec un style comme celui-là, je ne pouvais le voir que dans un film hitchcockien. J'imaginais qu'à l'intérieur de son costume trois-pièces, se trouvaient une montre à gousset, et un pistolet ! Il se redressa et prit un livre à la lettre S, il me semble que cela devait être Schopenhauer, car en le feuilletant il eut un léger sourire. N'allons pas jusqu'à dire que Arthur Schopenhauer est amusant, mais moi il me fait rire ! Au moment où j'allais lui demander s'il avait besoin de conseils, Vladimir entra avec un tel fracas, que le client et moi avons sursauté.

— Il fait chaud ou c'est moi ? me demanda-t-il. Il n'avait pas vu qu'il y avait un client, je lui indiquai d'un mouvement de tête notre visiteur. Il ôta chapeau et manteau à une vitesse incroyable, et courut rejoindre Cary Grant au rayon philosophie.

— Excusez-moi Monsieur, je ne vous avais pas vu ! Je peux vous aider ? dit-il en russe et en sortant ses lunettes de son veston. Vous trouvez ce qu'il vous faut ? N'hésitez pas à me demander je m'y connais, c'est mon rayon ! Je ne sais pas si la petite vous l'a dit, mais ça fait presque quarante ans, quarante et un ans, dans quelques mois, que je gère cette boutique !

Notre visiteur qui avait enfin fait attention à moi me lança un regard de détresse, que je reçus avec humour.

— Merci, répondit-il dans un russe approximatif, avec un fort accent français.

Vladimir se laissa distraire par une pile de livres qui trainait, et commença à s'exclamer dans un russe incompréhensible pour des expatriés. J'avais raison ! Notre visiteur n'était pas russe et ne parlait pas un mot de cette langue, ou très peu. Vladimir me remercia d'avoir gardé la boutique et insista pour me donner vingt roubles. Je refusai, en lui expliquant que cela me faisait plaisir, et que pour le moment je n'étais pas embauchée. Il m'embrassa sur le front, comme faisait papa lorsqu'il était heureux de nous retrouver après une longue journée de travail, et ajouta :

— Tu peux y aller, je vais me débrouiller pour ne pas fermer trop tard. Si tu veux venir m'aider demain, j'aurai besoin de toi pour refaire la vitrine. Il y a tellement de choses à faire que je ne sais pas comment je vais m'en sortir. D'ailleurs, je ne sais pas pourquoi je viens de te dire qu'il faut que je ferme plus tôt. Je ne vais jamais y arriver ! Je devrais embaucher plus de monde, mais je ne peux pas ! Le gouvernement nous taxe trop. Ne croyez pas que je n'ai pas envie de payer mes taxes ! dit-il en se retournant vers notre client. Au contraire, je serais ravi de les payer mes taxes, parce que si je paie plus de taxes ça veut dire que je travaille plus, et si je travaille plus, ça veut dire que ma boutique fonctionne et que si elle fonctionne, je n'ai pas de soucis à me faire pour payer mes taxes !

Notre visiteur avançait avec le livre qu'il avait durement choisi vers le comptoir, pour régler ses achats, aucun de nous n'osait couper Vladimir. C'est lorsqu'il cria le mot taxe pour une énième fois, que nous nous sommes souri, amusés par la situation. C'était la première fois que je voyais ses yeux, je les imaginais bruns, mais ils étaient bleus, bleu ciel, avec une expression qui ne m'était pas inconnue. Son regard avait une expression forte, entre la séduction et le sarcasme. Il posa son livre sur le comptoir, il avait choisi *« Homère : L'Iliade et L'Odyssée »* dans une édition limitée, en russe. J'ai dû faire une mimique, car il a plissé les yeux et m'a regardé d'un air accusateur. Je lui murmurai que c'était un bon choix. Vladimir dut m'entendre, car il s'arrêta de parler pour me suivre derrière le comptoir.

— Excusez-moi Monsieur, je parle, je parle et je ne vois même pas que vous attendez que je m'occupe de vous. Vous comprenez, c'est la fin de journée, et je suis un peu dans tous mes états. J'ai tellement de choses à faire, dit-il dans son plus beau russe. Je chuchotai à l'oreille de Vladimir que son client ne parlait pas russe.

— Qu'est-ce qui vous dit que je ne parle pas le russe ? me demanda l'homme.

— Vous n'avez pas l'air d'un russe, et vous parlez parfaitement français

Il sourit.

— J'ai pourtant un livre traduit en russe dans les mains…

— Ça pourrait être un cadeau ! Vous voulez un paquet cadeau ?

Je ne pus empêcher ces mots de sortir de ma bouche. Il n'était pas vexé, au contraire, ma remarque l'amusa.

— J'aurais trouvé ce cadeau plus rapidement s'il avait été à sa place, et non pas au rayon philosophie.

Ce commentaire réveilla Vladimir de sa somnolence.

— Homère ? en philosophie vous dites ? Ça devrait être dans les épopées mythologiques, dit-il en se tournant vers moi, juste avant de sauter de l'autre côté du comptoir.

— Je suis désolé, monsieur, dit Vladimir amusé. Sarah m'aide depuis quelques semaines, dans la mise en place de la boutique et je n'ai pas eu le temps de tout lui apprendre. Mais vous avouerez qu'il est difficile de placer Homère ! Si c'était moi, je le mettrais en vitrine, mais cela n'attire pas les clients. On pourrait peut-être le mettre dans « Religion », dit-il pour lui-même, en courant au rayon religion. La situation nous amusait tous les deux, et nos regards se croisèrent plusieurs fois longtemps. Il me faisait penser à quelqu'un, mais il m'était impossible de savoir qui ? Je devais me faire des idées, ça devait être sa ressemblance avec l'acteur américain, qui me donnait l'impression de le connaitre.

— Alors je vous fais un paquet cadeau ?

— Oui, s'il vous plait me répondit-il.

Je crois que je ne me suis jamais autant appliqué, notre emballage est magnifique, c'est un sac en velours bleu, orné de fleurs de lys. Je m'excusai d'avoir mis le livre au rayon philosophie. Mon client n'était pas fâché, au contraire ça lui avait permis de découvrir une grande partie du magasin. Finalement, je lui ai fait faire un tour du monde. Je suis persuadée d'avoir déjà rencontré cet homme. Peut-être l'avais-je croisé dans un train. Nous croisons tellement de gens au cours de notre vie, en plus de notre mémoire qui vacille entre rêves et réalité. En sortant, il se retourna et inclina son chapeau en guise d'au revoir. Il avait un charme fou, digne d'un personnage de Jane Austen. Ce soir-là, j'ai aidé Vladimir à arranger la vitrine et trier les livres. Je n'ai pas vu le temps passer, Vladimir parlait de sa femme et des livres difficiles à trier, comme les classiques et les modernes, à une époque, les anciens étaient des classiques et les classiques des modernes. Sa voix me berçait par son bel accent russe. Le temps est passé très vite et n'avait pas envie de rentrer, je me sentais bien. De temps en temps, je repensais à l'homme au chapeau.

Voilà ma journée chère maman, j'espère qu'elle t'aura changé les idées. En tous cas, concernant le jeu de Vladimir, je ne me suis pas totalement trompée ! Peut-être que Vladimir a raison, dans quelques années je deviendrai incollable.

Je t'embrasse chère maman, et pense bien à toi.

Ta Sarah

4 avril 19..

Ma chère fille,

Heureuse de lire que tu trouves tes marques à Pétersbourg. La manière dont tu décris Vladimir est très amusante, ta lettre m'a fait rire. Tu sais dans mon métier, j'avais aussi l'habitude d'analyser l'apparence des gens, mais attention, l'habit ne fait pas le moine, comme on dit, par exemple dans mon cabinet, j'avais un monsieur d'une cinquantaine d'années qui avait un accoutrement usé et sale. Au premier abord, j'ai pensé qu'il devait être pauvre comme Job, seulement, quelques détails me troublaient, et en regardant bien, je m'aperçus qu'il avait toujours les doigts manucurés et que ses chaussures, bien que très anciennes, étaient toujours vernies. Ces deux petits détails sonnaient faux avec la caricature que je me faisais d'un homme fauché. Au fur et à mesure des séances, j'appris que cet homme était un des plus riches de la ville, et qu'il avait fait fortune en achetant une grande partie des immeubles et des commerces. Je compris que sa manière de s'habiller était simple, car il ne voulait pas attirer l'attention, et qu'il avait toujours en tête une phrase que lui avait dit sa mère : « les choses ne sont pas ce qu'elles semblent être » il faut toujours faire attention à ce qui est trop évident !

Je suis heureuse de voir que tu t'entends bien avec ton patron. C'est rare, les gens veulent faire du rendement et ne prennent plus soin de considérer leurs employés. Tu es une bonne fille, et je sais que si tu aimes ton travail. Ton patron doit être fier d'avoir trouvé une petite perle comme toi. Fais bien attention à ce qu'il te dit, et souviens-t'en, on ne sait jamais, si un jour tu as envie d'ouvrir ta petite boutique. Il n'est jamais trop tard pour prendre des notes, et être ambitieuse. Ton père me l'a toujours dit, « ce n'est pas au pied du mur que nous choisissons le meilleur chemin, c'est en regardant la route droit devant, pour voir toutes les possibilités qui s'offrent. »

Je suis un peu brouillon dans mon écriture excuse moi, Tante Rose et moi avons dû préparer les chambres des deux gamins qui reviennent de leur séjour de redressement. Les domestiques étaient en cuisine toute la journée. Je n'aurai pas eu la paix longtemps. Je ne sais pas combien de temps je vais rester au manoir, mais Tante Rose aura surement encore besoin de moi, je ne peux pas la laisser seul avec son hurluberlu de mari. Si tu savais à quel point il m'énerve. Il a toujours voulu nous faire remarquer qu'il a mieux réussi sa vie que nous, et que de ce fait il avait le droit et le devoir, de nous donner des conseils pour « élever notre niveau de vie. » Il voulait partager avec nous : les secrets de la réussite. Les secrets de la réussite ! Je voudrais bien qu'il me les montre ! Il n'est jamais avec sa famille, toujours en déplacement et il ne mange que ce qui est à la mode dans des capitales. Un jour, si la mode à Budapest est de se balader habillé en poulet, je suis sûre qu'il trouvera un moyen de nous bassiner sur les biens faits d'une telle démarche pour la santé. Cet homme est insensé, il croit tout ce qu'on lui dit à partir du moment où c'est écrit dans un journal. Personnellement, je n'ai jamais été fichue de lancer une conversation sur un sujet à la mode, avec des gens qui n'ont pas pris le temps d'approfondir la question, ils sont là à répéter bêtement ce qu'ils ont lu la veille, ça m'horripile. C'est à celui qui répète le plus, comme à l'école. Ce n'est pas la peine de comprendre, on te demande d'apprendre par cœur. Alors ils s'insurgent sur le monde, le critique, à coup de « c'était mieux avant ». Le pire est que les gens à l'écart de ce genre de procédé, ceux qui ont du mal à s'exprimer, sont considérés comme des inconscients ou des personnalités provocantes. Généralement, le provocateur est un homme qui a acquis au préalable l'amitié de ses pairs. De leur côté, les marginaux, les fous comme on les appelle, ceux qui refusent de parler autour d'une table pour passer le temps, ceux qui aiment les idées et l'action plus que la parole, sont tenus à l'écart, car ils ne parlent pas, ils proposent, essaient de comprendre. Et lorsqu'enfin, le « marginal » émet une solution, on le flingue en lui disant qu'il n'est pas qualifié pour répondre.

— « Tu es donc un professionnel ? Quelle est ta formation ? »

La formation, les diplômes ! Faut-il une formation pour avoir de la logique et du bon sens ? Sont-ce les diplômes qui donnent les idées ?

Tu vois ma chérie, toi qui parlais de diplômes dans ta lettre, ce bout de papier que ton amie a affiché au mur, fière que sa fille entre dans la norme, ce papier n'a aucune valeur pour moi. Est-ce un diplôme qui t'apporte le respect ? Il est vrai que nous aurions été fiers, ton père et moi si tu avais voulu faire des études. Mais nous sommes fiers de toi aujourd'hui, et plus encore, car tu n'as besoin de personne pour te dicter ni ce que tu dois lire ou penser. Évidemment, une éducation est importante pour réussir dans les métiers du monde, mais la curiosité est plus importante que tout. L'éducation ne doit pas seulement être un chemin vers l'objectif d'un diplôme, mais doit être la volonté de l'homme de sortir de son statut d'animal. Seule la curiosité permet d'avoir une connaissance et une éducation respectable, car elle est pure, elle n'est pas guidée par une validation administrative. Tu apprends pour toi, pour ta vie, pour faire travailler ta tête et tes neurones, et ça ma fille, c'est plus important qu'un bout de papier encadré. Ton papa allait dans ta bibliothèque et regardait les livres que tu étais en train de lire, il prenait plaisir à regarder si tu y laissais des notes, et de temps en temps il me les lisait. À ton âge aussi j'avais envie de tout connaitre, j'ai toujours beaucoup lu. Lorsque j'étais petite, comme toi, je n'avais pas beaucoup d'amis, je préférais rester dans mon coin à lire, et l'on se moquait de moi. Que les enfants peuvent être méchants ! Et puis je suis sortie de ma condition, j'ai rencontré ton père, et fait un bel enfant, dont nous avons toujours été très fiers. Nous avons rencontré des gens de tout horizon et tous nous ont respectés. Nous avons connu les grands bals, les grandes réceptions, nous avons fréquenté des gens avec beaucoup d'argent, des artistes, des politiques, mais cela ne nous est jamais monté à la tête. Nous sommes restés simples, et n'avons jamais regretté nos choix. Ton père et moi n'avons jamais cessé d'apprendre et de partager avec toi, les connaissances que nous avions apprises du monde. Je suis fière de voir que toi aussi tu as acquis cette curiosité. Heureuse que tu aies toujours appris à penser par toi même, sans répéter bêtement les petites phrases à la mode. Nous ne t'avons jamais dit pour qui nous votions, ou ne t'avons jamais appris le catéchisme, et te voilà aujourd'hui avec toutes ces connaissances. Tu sais, beaucoup de gens vont à l'église tous les jours, mais n'ont jamais lu le texte sacré. Ils en ont lu des passages, entendu les sermons, connaissent les histoires les plus connues, mais n'ont pas pris le temps de lire le Livre. Par manque de confiance en eux peut-être, ou par peur de ne pas comprendre et d'être déçu.

Je vais arrêter là. Parler comme ça me rappelle les discussions que j'avais avec ton père. J'aimais ton père de tout mon cœur, il n'était pas seulement mon mari, il était mon meilleur ami, la personne avec qui je pouvais parler de tout et jamais de rien. Nous parlions pendant des heures en essayant de comprendre l'homme, et l'essence avec laquelle il a fait le monde. Que ton père me manque.

Je t'aime, Maman

Chère Maman,

Excuse-moi de ne pas avoir répondu à ton courrier plus tôt. Je n'étais pas en forme et j'ai laissé ma correspondance. Ne crois pas que je ne voulais pas t'écrire, mais je suis encore tombée dans ce trou noir qui m'empêche de bouger et de penser normalement. Depuis une semaine, je ne fais rien, je ne sors plus, je ne dors plus, je pense à des choses noires et tristes. Je remets tout en question, ma vie, mes sentiments, les gens autour de moi. Je deviens exécrable avec Jean, alors qu'il fait tout pour me remonter le moral et pour me faire changer d'idées. Mais ça ne marche pas. Avant-hier, nous avons rendu visite à ses parents, c'est la seule sortie que j'ai faite. Je ne pouvais pas refuser, j'avais déjà renoncé la dernière fois. Pour les remercier de leur invitation, Jean a voulu que je prépare le gâteau russe que j'avais fait pour Natacha. Cuisiner me rappelle les bons souvenirs que j'avais en te regardant faire les diners et les goûters d'anniversaires. J'ai réalisé ce gâteau du mieux que j'ai pu, et nous sommes allés chez mes beaux-parents. Ils sont tellement heureux de voir Jean, ils l'aiment plus que tout. Son père, Micha avait préparé un bœuf bourguignon, pour nous rappeler la France. J'aime sentir les odeurs de mon pays, j'ai l'impression de me retrouver à côté de toi et papa dans notre salon, chauffés par notre cheminée. Les larmes me montent rien que de penser à ces belles périodes de Noël. Que ma famille me manque, vous me manquez Papa et toi. Je ne sais pas pourquoi j'ai accepté de vivre aussi loin. J'ai tenu jusqu'à maintenant, car j'étais occupée à préparer la maison, mais mon cœur lâche. Je suis incapable de lire, de regarder un film, ou de sortir de la maison. Je ne décroche plus le téléphone, je n'ouvre plus les volets et oublie de manger. Je ne bois que du café et de la soupe. Je me force à manger pour qu'il ne soit pas seul à table. Mais je n'ai plus le goût de nourriture. J'oublie de manger. Je lui prépare le diner lorsqu'il rentre le soir, c'est la seule fois que je me lève dans la journée. Je sais que je dois me lever pour lui préparer à manger, pour qu'il soit heureux en rentrant du travail, et pour qu'il ne voie pas mon état, je ne veux pas qu'il s'inquiète. Il a déjà tellement fait pour moi, il ne mérite pas de savoir que la femme qui partage sa vie est triste. Triste de quoi d'ailleurs ? D'avoir une belle maison, de vivre dans un beau pays et de découvrir d'autres cultures ? Non, je n'ai pas le droit de me plaindre, ce serait manquer de respect aux pauvres gens et à Jean, qui se donne tellement de mal pour me rendre heureuse. Pourquoi suis-je comme je suis maman ? Pourquoi un jour tout va bien, et le lendemain je sombre dans une détresse qui m'empêche de désirer ? Mon cerveau se remplit de pensées nocives, qui m'entraînent petit à petit dans un gouffre. Je tombe dans cet enfer noir sans guide ni lueur qui pourrait guider mon parcours. Je vois autour de moi des philosophes, des auteurs, des artistes, qui ont connu le même sort, et je supplie Dieu de ne plus penser, de me laisser tranquille.

Depuis une semaine, il y a beaucoup de mouvement dans l'appartement de Natasha, sa fille et son ami ont dû s'installer. Je ne les ai pas vus, je ne regarde plus par la fenêtre, et j'ai refusé deux fois les invitations de ma chère voisine. Je ne veux voir personne, et je ne veux pas qu'on me voie dans cet état. De temps en temps, un petit chat passe par la fenêtre de notre chambre, ça me fait penser à papa. Il entre doucement et saute sur le lit, dans lequel je passe la plupart de mon temps, à compter les particules de poussières d'Éole. C'est comme ça que j'ai appelé ce petit chat. Tu sais je n'ai pas toujours aimé les chats, pensant qu'en étant indépendant, je ne leur serais d'aucune utilité. Mais lui pousse la fenêtre et vient se glisser près de moi. Ce chat est ma seule consolation, de temps en temps je me lève pour mettre de la musique, mais rien ne me plait. Je n'ose pas aller à la librairie, je ne veux pas que Vladimir soit triste de me voir dans cet état.

Excuse-moi de te parler de ce genre de chose, je sais que ce n'est pas ce que tu veux lire, mais j'ai senti le besoin de te parler comme je le ferais à une amie. J'espère que ma lettre ne te rendra pas trop triste et que mon prochain billet sera plus joyeux.

Je t'embrasse.

Sarah

Ma petite fille,

Ma pauvre petite, reviens à la maison si tu n'aimes pas Pétersbourg. Jean comprendra que tu as besoin de temps pour t'adapter et faire le deuil du passé. Ma pauvre chérie, tu es partie juste après le décès de ton papa, tu n'as pas eu assez de temps pour toi, ni pour moi. Reviens, je t'en prie. Non, vis ta vie. Pardonne moi, les temps sont durs, j'aimerais que tu restes avec moi, j'aimerais pouvoir te toucher et te serrer dans mes bras, te donner les quelques forces qu'il me reste pour te voir rire, chanter, mais jamais pleurer ma chérie. Je t'en prie, ne pleure pas, ne pleure plus. Lève la tête, crie si tu veux, gémis si tu en as envie, mais restes digne, reste forte et souris. Oui, souris ma chérie.

Je t'ai envoyé le marque-page de la bibliothèque Mazarine que tu m'as demandé, tu devrais le recevoir après cette lettre. Tante Rose et les enfants avons passé une journée à Paris, quel plaisir de retrouver la civilisation après le calme de la campagne. Albert a râlé, car il ne voulait pas « à peine arriver, quitter son havre de paix, pour retrouver ces connards de Parisiens. » Qu'est-ce qui peut m'énerver, je ne peux plus le voir! Quoi qu'il en soit, Tante Rose et moi avons pris le temps de passer à la Bibliothèque pour voir ton marque-page. J'espère qu'il te portera bonheur. Si je peux te conseiller quelque chose, arrête, pour quelque temps, de lire de la philosophie. Lis des choses divertissantes pour te changer les idées. Il y a de bons romans en ce moment tu sais, des romans français notamment. Je t'en ai mis quelques-uns dans le colis, j'espère que personne ne l'aura ouvert. J'ai demandé à la dame de la poste de bien vérifier l'emballage et avec le gros sparadrap, normalement ça ne risque rien. Mais tu sais comment sont les gens, il y a de plus en plus de voleurs. Elle s'est fait voler il y a quelques jours un plaid, qu'elle avait acheté pour son petit chien. Tu te rends compte un plaid pour chien ? Qu'est-ce que ces types peuvent bien faire d'un plaid pour chien, c'est quand même effarant! Enfin, elle a demandé réclamation, et la boutique lui en a envoyé un nouveau, dans d'une autre couleur malheureusement, car celle qu'elle voulait n'existait plus. Alors voilà que son chien s'est baladé tout l'hiver, avec un plaid vert olive, quelle horreur !

As-tu des nouvelles de ton piano ? Je suis sûre que ça te remontera le moral et te fera le plus grand bien de jouer de la musique. Il faut que tu te réveilles et que tu reprennes ta routine. C'est l'action qui te libèrera de tes pensées, les hommes sont faits pour agir, pas pour penser. Il faut toujours avoir un objectif ma chérie, c'est lui qui te guidera. Retourne travailler à la librairie, lis les livres que je t'ai envoyés, et dès que tu peux sors de chez toi, même quelques minutes. Un peu d'air frais te fera du bien. Être seule ne t'apportera rien de bon, il n'y a pas d'énergie dans une pièce vide. Il faut que tu trouves l'énergie, celle-ci apporte de la chaleur, et la chaleur apporte du baume au cœur, des idées, des passions, des choses à faire. Écoute ta pauvre mère, ne te laisse pas aller. Tu es trop jeune pour penser que la vie ne sert à rien, tu es trop jeune pour croire que tu as tout vu et que rien de mieux ne peut t'arriver. Petit à petit, ça ira mieux, mais ne reste pas dans ta chambre les rideaux tirés.

Je te fais confiance, pour suivre les conseils.

Écris-moi vite,

Maman

Le 22 avril 19..

Ma chère Maman,

Je te remercie pour ton colis. Ce que tu as choisi est parfait, j'étais heureuse comme une petite fille qui reçoit un cadeau de Noël ! Jean a été le chercher à la poste, il avait quelques jours de retard, mais tout était en état. Merci, merci, de prendre soin de moi-même à des milliers de kilomètres. J'ai lu le premier roman que tu m'as envoyé, tu as raison il m'a changé les idées. J'ai commencé à lire le deuxième, mais l'écriture de l'auteur me plait moins. De mon côté, je me remets de mes angoisses. Je me suis fait un petit planning. Cela me donne de petits objectifs, tout au long de la journée. C'est idiot, mais même un tout petit but me donne un intérêt pour me lever le matin. Je sais ce que je dois faire, alors je le fais, sans me poser de questions ! Une amie qui étudiait les comportements dépressifs m'avait parlé d'une formule enfantine, mais qui fonctionne très bien : se mettre en tête une action et compter jusqu'à cinq, avant de se lancer. C'est aussi simple que ça. Aujourd'hui, je fais en sorte de me réveiller à la même heure tous les matins, pour marcher. Je fais au moins deux pâtés de maisons, et reviens avec du pain pour le petit déjeuner. C'est amusant de sortir les matins et de voir les gens dans leur routine. Je remarque toujours les mêmes personnes, cela me donne l'impression les connaitre. Je peux te dire, qui dans le voisinage à des animaux, ceux qui sont pressés, ceux qui sont en avance, ceux qui ne travaillent pas, ceux qui regardent autour d'eux et ceux qui ne le font pas. Peu de gens regardent le monde qui les entoure. Ils commencent leur journée, avançant dans leurs bulles de savon. Je conçois que la vie nous prenne beaucoup de temps et que nous faisons en sorte de la remplir, pour en profiter. Mais sommes-nous obligés de mettre des œillères sur le monde pour ne pas être distraits, pour ne pas « perdre son temps » ? Est-ce que combler notre vie avec des projets, des sorties, des activités, ne nous distrait pas au final, de l'essence même de la vie. La plupart des grands philosophes et scientifiques ont trouvé leurs plus grandes théories dans l'ennui. C'est l'ennui qui a donné réponse à leurs questions. Newton qui a déduit la loi de la gravitation, en voyant une pomme tomber de l'arbre sur lequel il était appuyé. Quel bel hommage à Eve. Si nous ne donnons pas suffisamment de temps à notre cerveau, pour qu'il se repose, il ne trouvera jamais de place pour de nouvelles idées et pour les questions que l'on se pose. Tout comme un sportif doit laisser reposer ses muscles, il nous faut du temps pour trouver l'ennui, l'apprécier et le laisser vivre en nous. Tout est lié, si un élément disparait, c'est l'humanité tout entière qui périt. Je sais que tu m'as demandé de plus lire de philosophie, mais je n'ai pas pu m'en empêcher. Après une promenade, j'ai voulu relire les passages du bouquin de Jean-Paul Sartre qui dit que chaque personne en influence une autre, lorsque je suis en proie à des périodes sombres, dans lesquelles je me dis que si je perdais la vie ça ne changerait pas le monde, je me rends compte qu'il a raison. Si je disparais, je mettrai en danger l'équilibre du monde et des gens qui comptent sur moi. Vois-tu, Jean à crée sa vie en fonction de moi, et moi en fonction de lui. Il m'aime, je l'aime, nous avons créé une histoire ensemble, si je venais à me donner la mort, je casserais les bases solides qu'il s'est créées. Émotionnellement, un tel choc lui ferait perdre des opportunités professionnelles mais aussi confiance aux femmes, et au monde. Je lui volerais sans l'avoir voulu une grande partie de sa vie. Ne t'inquiète pas maman, je n'ai pas pensé au suicide, ce sont des réflexions. Comme tu le sais, les personnes suicidaires annoncent rarement leur passage à l'acte. Ce n'est que par de subtils détails que l'on peut essayer de deviner un passage à l'acte. Est-ce que la société fait disparaître l'empathie des hommes, maman ? Ou est-ce que l'empathie n'a toujours été que le propre de rares individus ? Je pose trop de questions. Mon cerveau n'est pas normal, je varie de sujet en sujet, je me pose des questions sur la mort, le temps, l'amour, la vie, et j'en oublie que je suis au monde pour vivre. À force de chercher à comprendre, je ne vis pas. Je m'engraisse de connaissances, que j'oublie aussitôt, que le cerveau est ingrat.

J'allais presque oublier ! J'ai reçu des nouvelles de mon piano. La poste s'est trompée d'adresse et l'a envoyé dans une résidence en Ukraine, apparemment le code postal était mal écrit. Nous avons reçu un appel d'un ukrainien, Jean eut beaucoup de mal à le comprendre, mais nous sommes parvenus à trouver un accord. Le pauvre a déplacé tous les meubles de son salon, pour garder notre piano. Nous l'avons dédommagé pour le dérangement, il était ravi, il aurait même voulu le garder plus longtemps a-t-il dit en plaisantant. Normalement, il me sera réexpédié dans les prochains jours. J'ai hâte de travailler les partitions que tu m'as envoyées.

Les parents de Jean sont venus nous rendre visite, ils viennent de temps en temps pour prendre le thé avec moi dans la journée. Nous parlons de tout et de rien. Je serais bien incapable de te donner un exemple de conversation. Je sais que le fait de voir des gens devrait me faire plaisir, mais plus je reste avec eux, plus je me rends compte que je ne passe pas assez de temps avec toi. J'aimerais tellement qu'on ne soit pas aussi loin l'une de l'autre. J'aimerais inventer une machine à voyager instantanément. Une caresse de toi me suffirait pour avoir envie de continuer ma journée. Maman tu me manques tellement. Je pense à toi tous les jours. Je me suis même mise à la pâtisserie, j'apprends à faire des gâteaux différents. Natasha m'a déposé un livre de petit salé et petits-beurre « à la russe ». Elle s'excuse de ne pas avoir le temps pour me recevoir. C'est plutôt moi qui devrais m'excuser, vu le nombre de fois où j'ai refusé ses invitations. J'ai hâte d'aller mieux, travailler me manque et Vladimir aussi. Je n'aurais pas dû le laisser aussi longtemps. Jean est passé le voir pour s'excuser de ma part. Tu as raison maman, j'ai de la chance d'avoir un patron aussi bienveillant. Il m'a dit qu'un client avait demandé de mes nouvelles ! Je passerai à la librairie en début de semaine, pour lui apporter quelques gâteaux, même si je ne travaille pas. Comme tu peux le lire chère maman, je vais mieux, je me concentre dans l'action et cela comble un peu ma misérable pensée. C'était pour cela à l'époque que les femmes étaient considérées comme hystériques, si elles étaient enfermées chez elle, sans être reconnues, sans lire ou sans qu'on ne fasse attention à elles. Je me demande ce que pense Freud de cette idée. En parlant de lui, je viens d'apprendre quelque chose d'intéressant sur la maladie d'Alzheimer. Sais-tu qu'à l'époque une personne portant des troubles était directement internée en hôpital psychiatrique. C'est ce qu'on appelle le cas de Madame Auguste D, la première femme qui permit au Docteur Alzheimer de connaitre cette pathologie. Tu pourras en parler à Tante Rose !

Je dois arrêter là mon écriture Jean m'emmène au théâtre ce soir, voir une pièce surprise.

Adieu Maman,

Ta Sarah

Ma chère Sarah,

Que je suis heureuse de te lire et quel bonheur de savoir que les parents de Jean prennent soin de toi ! Ma chère fille, tu ne dois pas culpabiliser de passer du temps avec eux, au contraire, profite d'avoir de belles personnes autour de toi qui t'aiment et te soutiennent. Tu sais, peu de gens sont bienveillants. Il faut que tu te rendes compte de la chance que tu as. Je voudrais que dans chacune de tes lettres, tu me parles de quelque chose de positif, je veux que tu me racontes une histoire agréable. Cela me fera du bien à moi aussi, car ici, pour trouver le positif il faut de l'imagination ! Albert et Rose foutent un bordel, pardonne mon langage, incroyable !

Albert s'est mis en tête de tout ranger dans la maison, mais quand je dis tout, c'est tout ! Sous prétexte qu'il a rencontré un Baron qui a vu sa vie se transformer, en prenant le goût des choses simples.

« Tu comprends chère belle-sœur, avoir peu de choses, mais des choses de valeurs, qui, à chaque fois que nous posons le regard sur elles, nous permettent d'apprécier leur beauté et le talent de l'auteur. »

Cet individu n'a aucune personnalité. Il suit tout ce qui est à la mode, sans se poser la question de savoir si ça lui plait. Enfin, je te demande de me dire des choses positives, et voilà que je suis en train de casser du sucre sur le dos d'Albert. En même temps tu dois reconnaitre que pour lui trouver quelque chose de positif, il faut se lever tôt. Enfin bon, cet imbécile a décidé de faire l'inventaire du Manoir ! Je ne sais pas si tu te rends compte du travail ? Il y a cinq chambres, deux bibliothèques, deux salons, deux cuisines, trois salles de bain, un garage, un chalet de jardin, et tiens-toi bien, la petite cabane du jardinier. Et c'est par cette petite cabane, qu'il a voulu commencer. Il a fait suer ce vieux jardinier, qui travaille ici depuis vingt ans. Il lui a demandé de vider toute sa cabane pour lui expliquer l'utilité de chaque objet. Je ne sais pas comment cet homme a tenu toute la matinée, sans le tuer, ou se suicider. Si tu avais vu avec quelle nonchalance et arrogance Albert lui parlait. Cet homme est une caricature ! Que je t'explique ; pour avoir l'air de s'y connaitre en jardinage, Albert a eu la bonne idée, d'acheter toute la panoplie du parfait jardinier. Selon lui, ça lui servira un jour, et lorsqu'il en aura besoin, il sera bien content de ne pas avoir à sortir en catastrophe. « Il vaut mieux prévoir, chère Sophia ». Il a trouvé une chemise bleue trop grande pour lui, et comme les manches étaient trop longues il a acheté des boutons de manchettes avec des arrosoirs. Comment diable, une femme comme Rose a pu faire des enfants à un idiot pareil ! En dessous de sa chemise, il a acheté un t-shirt blanc en lin, ce que tu ne dois pas mettre pour aller labourer la terre, un peu de bon sens ! Ajouté à cela, il s'est acheté, un tablier vert, avec une poche sur le devant, comme un kangourou. Pour se moquer de lui, les enfants sautaient devant nous toute la journée, en beuglant. Il a convoqué le jardinier à huit heures du matin, car il faut qu'une « journée soit productive, le temps c'est de l'argent ! » Il m'exaspère ! Il est donc venu en avance, et attendait devant la petite cabane, avec ses gants et son arrosoir. Ton père aurait ri aux éclats. Après avoir fatigué le jardiner toute la matinée, Albert s'est rendu compte que ce qu'il y avait dans la cabine était utile à la beauté du jardin et qu'il n'y avait qu'un minimum d'outils dans cette petite cabane. Je te prie de bien vouloir excuser mon obsession au sujet d'Albert, mais tu es la seule à qui je peux me confier, et j'ai besoin de sortir toutes ces émotions de mon système nerveux sinon un jour je vais lui balancer ces quatre vérités.

Bref, assez parlé de lui ma chérie. Je suis ravie que les romans que je t'ai envoyés te plaisent. Je me suis rendue en ville, pour demander conseil à la libraire. En premier, elle m'a conseillé les romans d'amour, je l'ai vite arrêtée, alors elle m'a dirigée vers les romans dramatiques, et policiers. Je suis sûre que le premier que tu as lu est celui de cette auteure française, dont j'ai oublié le nom, tu sais la belle femme aux cheveux noirs, qui porte toujours des habits excentriques et un chapeau. Cette femme est formidable, je suis rarement entrée dans une histoire, aussi rapidement, elle écrit avec une telle fluidité. Que je suis contente d'avoir trouvé une auteure qui me plaise, comme toi, depuis quelques années, je ne lis que des classiques, car ce sont eux qui mettent le plus en valeur la beauté de la langue française.

Il me tarde que tu reprennes le travail, j'aime les histoires que tu me racontes, avec Vladimir. Sans le connaitre, je l'aime beaucoup, ça doit être la manière dont tu en parles dans tes lettres, il me fait beaucoup rire ! Retourne dès que tu le peux aider ton patron ma chérie, je suis sûre qu'il a besoin de toi et qu'il n'ose pas te le dire. Si tu as le temps, envoie-moi un livre et une photo de la boutique, pour que je puisse voir le lieu dans lequel s'épanouit ma fille.

Embrasse Jean et ses parents.

P.-S. : Voici une petite fleur du jardin, j'espère qu'elle te portera bonheur.

Maman

Ma chère Maman,

Je te remercie pour ta gentille lettre, qu'est ce que j'ai pu rire !

J'ai de bonnes nouvelles à t'annoncer. Ma santé s'améliore, bien que j'ai de temps à autre quelques passages à vide, mais ils ne durent pas longtemps. La méthode des cinq secondes me convient dès que je dois faire quelque chose et que je n'ai pas envie, je compte à rebours, et je commence la tâche sans penser, comme dans un match où on aurait lancé le coup d'envoi. Moi qui n'ai jamais aimé le sport, cela ferait rire papa que j'utilise cette comparaison. Il serait même surpris que je connaisse comment on lance les coups d'envoi. Tu te souviens le jour où j'avais eu beaucoup de mal à monter les escaliers de la cathédrale de Strasbourg ? Papa a cru que j'avais le cœur fragile, alors qu'il s'agissait de vertiges, je ne supportais pas la vue du vide. Pendant presque un an il m'a obligé à suivre des cours de tennis. Je n'étais pas douée, et pourtant je faisais beaucoup d'efforts. Le pauvre, il ne savait pas à quel point j'étais mauvaise. Quoi qu'il en soit, j'ai amélioré mon souffle, mais pas mon vertige.

J'ai repris le travail à la librairie, Vladimir était ravi de me voir. Tellement qu'il m'a prise dans ses bras et m'a soulevée de toutes ses forces, devant les clients. Il m'a présenté à tout le monde, comme étant la future patronne de sa boutique. Je crois qu'il va un peu vite en besogne, je ne suis pas du tout prête. Si tu voyais les gens qui viennent nous rendre visite : des barons, des politiciens, des auteurs reconnus et beaucoup de commissaires priseurs qui cherchent à acquérir des éditions rares. Depuis le temps que Vladimir travaille ici, beaucoup de gens lui font confiance, et il est une des seules personnes de Pétersbourg, si ce n'est la seule, vers qui on s'adresse pour connaitre la valeur d'un livre. Je ne sais pas comment je pourrais faire sans lui, je n'ai pas toute sa culture, et il me faudrait des années pour tout apprendre. Je serais incapable de faire en cinq ans, ce que mon patron a mis toute une vie à apprendre. Mon Russe s'améliore, on me dit que mon accent n'est plus identifiable, mais je suis loin de maîtriser toutes les nuances de la langue qui sont nécessaires pour négocier avec de gros clients. J'ai encore du mal à comprendre Vladimir quand il est fatigué, alors imagine que je tombe sur une duchesse, qui me demande d'évaluer son livre ? J'aurais l'air fine ! Oh non Maman, tout ceci me fait trop peur, je n'ai pas encore les épaules pour prendre un établissement aussi réputé. Pour le moment, je ne fais qu'apprendre, et je fais de mon mieux. J'étais tellement contente de retrouver ce lieu, sentir l'odeur de l'histoire, et des pages tournées, que je suis restée toute la journée, alors que j'étais censée rejoindre les parents de Jean. Ils ne m'en ont pas voulu, au contraire, ils me motivent à travailler. Jean leur a parlé de mes petits problèmes de « nostalgie » comme ils disent. Ce sont de belles personnes, j'ai de la chance de les avoir à mes côtés. Ils sont passés me voir à la librairie, mais je n'ai pas pu prendre le temps de leur faire visiter, car Vladimir était en train de m'expliquer un programme bien précis, pour que je puisse apprendre plus vite. J'ai essayé de savoir qui était le ou la cliente qui avait demandé de mes nouvelles, mais il ne se souvient plus. Il m'a simplement dit que c'était un homme assez grand. Je ne vois pas qui il peut être, à part le français qui avait acheté le livre d'Homère. Je commence à me prendre au jeu de deviner la vie des gens qui entrent dans la boutique. Je me prends un peu pour Sherlock Holmes. Il faut que je trouve les romans de Sir Arthur Conan Doyles pour les relire.

Mis à part la boutique, j'ai enfin reçu mon piano ! C'est

un miracle ! Si tu savais comme je suis contente. Lorsque les déménageurs sont arrivés, ils m'ont aidée à déplacer les quelques meubles de la pièce pour installer le piano. Ils étaient tellement désolés de s'être trompés d'adresse qu'ils ont pris le temps de tout ranger et de nettoyer après l'installation. C'était amusant de voir ces trois grands russes, nettoyer à quatre pattes ma moquette et mon piano. Quand ils ont eu fini, je leur ai apporté quelques biscuits, que j'avais préparés initialement pour Natasha, et du café. Un des hommes Fiodor, s'est confié sur une histoire de famille. Il aimerait acheter une maison, mais même avec un travail sécurisé comme le sien, ce n'est pas facile. Il voulait demander de l'argent à une banque, mais ici les banques ne prêtent pas facilement. Son seul recours est de trouver un ami qui puisse lui prêter. Mais comme les classes sociales ne se mélangent pas, il aura très peu de chance de trouver un ami qui lui prête une grande somme d'argent. C'est typique de la vie en Russie ! Personne ne fait confiance à personne. Que tu sois dans une classe sociale élevée ou moindre, tu ne peux faire confiance ni a tes amis, ni à ta famille. Lorsqu'on dit que les Russes sont froids, ce n'est pas uniquement parce qu'ils sont rustres, mais aussi parce qu'ils ont dû durcir leur peau. La vie est très difficile ici, il n'y a pas beaucoup de travail, et il faut avoir de bonnes connaissances pour évoluer socialement. Rares sont ceux qui arrivent à changer de milieu. Comment veux-tu que je sois motivée à trouver des amis dans cette ville, maman, si même les Russes entre eux n'ont confiance en personne. Fiodor, m'a parlé de son frère a qui il avait prêté une grosse somme. Son frère était un fervent joueur de poker, ce que tout le monde ignorait. En Russie, on ne demande jamais d'où vient l'argent, personne ne veut le savoir, et ce n'est pas quelque chose qui se demande. Tu as le l'argent, c'est que tu as réussi que tu as fait les bons choix, le reste est enterré avec toi. Tu ne dois d'explications qu'à Dieu ou ton patron, mais à personne d'autre. Seul Dieu, et celui qui te nourrit sont juges de ton destin. Il était fréquent que son frère rapporte d'importantes sommes, ce qui faisait de lui quelqu'un d'important et de respectable dans la famille. Un jour, il leur raconta qu'il était sur un gros coup et qu'il fallait investir dans une entreprise qui selon lui briller. En vérité, il avait joué au poker, avec un riche ambassadeur, et gagné plusieurs fois contre lui. Ce qui lui valut les foudres de l'homme, mais qui attisa aussi sa curiosité. Un bon joueur de poker aime la compétition, et les hommes qui n'ont pas peur de risquer leur vie ni celle de leur famille pour le jeu. Le frère de Fiodor était devenu indispensable pour l'ambassadeur. Ils ont joué pendant des mois tous les soirs, le frère gagnait, et rapportait une partie de l'argent à la maison. Un jour, l'ambassadeur lui proposa de mettre en jeu, contre une grosse somme d'argent, un titre de noblesse, titre que l'on peut toujours acheter en Russie, mais uniquement sous la coupe d'un haut fonctionnaire. Les économies du frère n'étaient pas suffisantes pour jouer, c'est là qu'il demanda de l'aide à Fiodor. La partie de poker eut lieu comme d'habitude, dans un lieu froid parfumé de vodka et habillé des volutes bleues des cigares. Des heures et des heures ont passé, puis des jours, puis des semaines, des mois. Sans aucune nouvelle de son frère, Fiodor informa la police. Pendant des années, il a pris en charge la femme de son frère et de leur fils. Lorsqu'un jour en ouvrant le journal international, il tomba sur une photo de son frangin, serrant la main d'un haut fonctionnaire allemand. La photo avait pour légende : « grâce à Ivan Smerdiakov, la Russie signe un accord historique » Fiodor arracha la page du journal, pour annoncer la bonne nouvelle à la famille de son petit frère. Tous heureux et rassurés que leur père, mari, frère, fils soit sain, sauf et en bonne santé firent la fête, dansèrent et chantèrent. Le lendemain, portant ses plus beaux habits, Fiodor, retourna voir la police pour leur annoncer qu'il avait retrouvé son frère. Il demanda aussi un rendez-vous au consulat, pour entrer en contact avec son frère, le riche et puissant Ivan Smerdiakov. Un employé lui donna un numéro, silence radio. À ce jour Fiodor n'a toujours pas de nouvelles de son frère.

Il nous a raconté cette histoire, avec la distance digne des russes. Il ne voulait pas qu'on ait pitié de lui, ils souhaitaient seulement partager son histoire. On ne sait pas ce que peut vivre un homme sans le connaitre. Tu vois, cet homme qui est venu faire mon déménagement. Il n'est peut-être pas l'homme le plus intelligent du monde, peut-être qu'il n'a pas créé de lien entre deux pays, mais il a sauvé trois familles. Je sais bien que tous les hommes ne sont pas comme ça, et que cette histoire est simplement le reflet d'un homme opportuniste, et dénué de respect. Mais toute indépendante que cette histoire est, elle représente une part des hommes, et c'est ce qui peut nous faire penser que nous ne sommes pas dignes d'être sur terre. Alors je te demande une chose maman, c'est de te souvenir de Fiodor, et pas de son frère. Son frère n'a fait qu'illuminer la belle personnalité de l'homme qui m'a aidé à placer mon piano, et à chaque fois que je le regarderai, je penserai à lui. Voilà l'histoire positive que tu m'as demandé maman.

Je lisais quelque part que la vraie amitié ne pouvait exister que, lorsque les deux personnes sont dans une même égalité sociale. Tu ne peux pas être réellement ami avec quelqu'un qui te fait travailler, car le rapport de force ne sera pas équitable. Le patron se demandera toujours si son employé est agréable avec lui sincèrement, ou par peur. L'employé, lui voudra inconsciemment séduire son patron et il changera son caractère, et même le son de sa voix pour se faire bien voir. Tout cela inconsciemment, et consciemment pour les plus opportunistes d'entre nous.

Cet exemple se vérifie avec des amis d'enfance ou encore la famille. Imagine demain Maman, que tu gagnes au Loto. Albert, qui en ce moment te juge inférieure à lui, changera de regard à la minute où tu encaisseras le chèque, car il sait que cet argent t'offrira des opportunités, que lui ne pourra pas avoir. Son comportement changera qu'il le veuille ou non, tout cela n'est qu'inconscient, et peut se faire en une fraction de seconde. Il ne te regardera plus de la même manière, il te verra comme supérieure hiérarchiquement, alors que deux secondes avant, pour lui, tu n'étais qu'une personne en marge de la société, sans évolution possible. Tu te rends compte à quel point l'argent ou la notoriété change le regard que les autres portent sur toi ?

Lorsque j'étais au lycée j'avais eu une discussion avec un ami, et je lui disais, de manière mal formulé que : « je choisissais mes amis » il s'est alors mis dans une colère noire, en me disant que j'étais une opportuniste et que je jugeais les hommes en fonction de ce qu'ils pouvaient m'apporter. Sa réaction m'a tellement étonnée que je n'ai pas pu lui répondre. Oui, je choisis mes amis, ce qui ne fait pas de moi une personne opportuniste pour autant ! Si dans une soirée je rencontre trois personnes, une passionnée d'écluses, qui prend le monopole de la conversation, une timide qui n'ose pas interrompre son interlocuteur, et l'autre qui essaie d'égailler une discussion. Une personne qui aime les bateaux, et qui adorerai parcourir le monde parlera plus facilement à l'homme des écluses, une personne qui s'ennuie choisira la personne timide, et l'autre qui cherche à passer un peu de bon temps, choisira l'humour. C'est la loi de l'attraction. On ne peut pas dire que l'attraction soit opportuniste, puisqu'elle est naturelle. En vérité, un homme qui souhaite réussir sera attiré par quelqu'un qui peut lui apporter quelque chose, puisque son cœur sera porté par l'ambition.

Un cœur porté par l'amour sera toujours attiré par la personne qui lui plait le plus. L'être humain est tellement plus compliqué que les autres animaux. Eux ont seulement des besoins nécessaires à leur survie. Ils ne se prennent pas la tête à savoir pourquoi ils sont attirés par une personne plus qu'une autre. Ils vivent sans se poser de questions, et c'est déjà suffisamment difficile comme ça. Après réflexion, je répondrais à mon ami que « ce n'est pas moi qui choisis mes amis, c'est la loi de l'attraction ! » voilà une réponse qui aura de quoi le satisfaire.

Après que Fiodor et ses collègues soient partis, j'ai pris le temps de poser sur mon piano, les partitions que tu m'as envoyées. Les fleurs se reflètent sur le vernis, c'est magnifique, je commence à me sentir chez moi. J'ai placé le piano près de la vitre pour que je puisse avoir la lumière du jour, et jouer au rythme des passants. Ce piano est ce qui me rapproche le plus de Paris et de mon enfance. J'ai tellement aimé y passer mon temps, et jouer pour papa, qui se cachait dans un coin, pour m'entendre sans me déranger. Il savait que j'avais le trac de jouer devant lui, alors il se cachait pour m'écouter discrètement. Combien de fois j'ai entendu la porte du salon se refermer dès que j'arrêtais un morceau. Je jouerai pour lui maman, et il m'entendra. Mon cœur et toute mon âme joueront pour lui, pour que les notes résonnent dans toutes les caisses qui contiennent les âmes. Je ne sais pas quel morceau jouer en premier, j'ai peur d'ouvrir le piano et de ne rien avoir à lui dire. Enfin, avant cela, il faut que je l'accorde. Natasha m'a recommandé son « presque » gendre comme elle l'appelle, pour m'aider. Il est menuisier de métier, mais connait assez les pianos pour les accorder. Elle m'avait invitée à prendre thé, j'étais ravie, depuis le temps que je refusais ses invitations. Lorsque je suis arrivée chez elle, il y avait des affaires partout. Sa fille, a exposé toutes ses belles toilettes sur des cintres un peu partout dans l'appartement. Elle m'a montré des tenues magnifiques, de grands manteaux de fourrure rouge, brun, vert, de toutes les couleurs, ainsi que des robes de cocktail, à faire rougir les actrices d'Hollywood. Je ne pouvais m'empêcher de l'imaginer dans toutes ses belles toilettes, qu'elle devait être belle. Je n'ai pas vu de photo de son « presque gendre ». Natasha m'a un peu parlé de lui. Il joue du piano depuis qu'il est petit et a commencé le conservatoire à peu près à mon âge, vers ses neuf ans, il a même remporté des prix. Natasha lui demandera de l'accorder lorsque lui et Pouchka rentreront de Moscou, où ils sont allés passer quelques jours.

Je ne saurais te dire si Natasha aime son futur gendre. Elle a l'air mitigé, car il n'a pas une aussi bonne situation que sa fille, et tu sais qu'en Russie la situation de l'homme est très importante, elle doit être supérieure à celle de la femme. Je crois qu'elle est un peu gênée à ce sujet, mais elle s'y fera. En tout cas, l'homme qui a choisi sa fille à l'air très intéressant. Il lui aurait trouvé une édition rare d'un livre, j'aurai adoré savoir lequel, mais notre conversation a été coupée par le petit chat noir qui est entré dans la pièce. C'est là que je lui ai dit qu'il venait me rendre visite de temps en temps, et qu'il m'était d'un grand soutien, lorsque je n'étais pas bien. Je me suis laissée aller, à lui parler de mes baisses de moral. Natasha a été d'une grande écoute. Elle a ce regard qu'on les Russes, sensibles et imperceptibles, le regard slave est le plus beau du monde.

Ça me fait penser à papa et à ses yeux bleus clairs qui pouvaient passer du rire aux larmes en un rien de temps. Je me souviens tellement de son regard, les yeux droits et froids, mais qui dès qu'une parole le touchait, ses yeux laissaient échapper, un éclair qui réchauffait la pièce. Personne d'autre que les polonais, ukrainiens, russes ne peuvent avoir cette expression. Elle est propre à une histoire, douloureuse, fière et forte. J'aurais aimé hériter des yeux de papa. J'ai parlé de vous et de notre famille. La description que j'ai faite était ce qu'elle imaginait. Je lui ai montré une photo de nous trois, elle vous a trouvé très beaux. Quel plaisir j'ai eu à lui raconter quelques souvenirs d'enfance, et périodes de notre vie à Paris. Natasha est adorable, j'espère qu'un jour je pourrai l'écouter autant qu'elle a pris le temps de le faire. En tout cas, je n'ai qu'une hâte, retrouver mon piano. C'est fou ce que la musique peut aider une personne à aller mieux. Nous n'avons pas peur de laisser vivre nos émotions lorsque nous jouons, cette distance qu'il y a entre la mélodie et l'homme pourrait s'appeler pudeur. N'importe qui, aussi dur soit-il, peut succomber à un morceau de musique. Si la mélodie le touche, il se laissera aller, la musique l'emportera. C'est ce qui nous différencie des robots que les scientifiques s'efforcent de créer. Évidemment, un être sans cœur pourra reproduire un morceau de la même manière que X. Mais est-ce qu'il pourra prendre la décision de mettre des pauses là où l'auteur n'en pas écrite ? Est-ce qu'il pourra apporter son âme à ce morceau ? Lorsque je faisais mes cours de piano au conservatoire, Monsieur Piège, était toujours furieux lorsque je changeais un rythme, ou faisais des crescendo là, où il n'y en avait pas. Je devais suivre le métronome, et les indications de l'auteur, à l'indication près.

— Te crois-tu plus douée que Chopin ? me disait-il. Crois-tu qu'il a mis des indications pour s'amuser ? Non, il les a ajoutées parce que c'est comme ça qu'il voulait qu'on le joue, pas autrement. »

Je ne suis pas d'accord et je ne le serai jamais. Une partition est faite pour être interprétée. C'est en interprétant à sa manière qu'on pourra peut-être se faire un nom à côté du maître. Tout comme un acteur qui interprète un texte.

C'est comme cela que l'art traverse les siècles. Tout comme les hommes, l'art doit s'adapter à l'évolution. Sinon tout le monde jouerait de la même manière et il n'y aurait pas de création. Certaines œuvres ont des contraintes, comme les alexandrins, mais encore faut-il les comprendre et les faire entendre. Si comme dans certains cours de théâtre, on demande de lire les alexandrins de manière théorique, les acteurs peuvent aussi être remplacés par des robots. Je suis sûre que Molière aurait préféré qu'un acteur glisse sur un mot, plutôt que de voir une salle entière s'ennuyer. Se poser des questions, c'est remettre en question un principe et ce n'est apparemment pas ce qu'on te demande lorsque tu passes un diplôme académique, excepter la philosophie, et encore remettre en cause les principes de Descartes, doit-être mal vu. Où est la pensée ? Le sens ? Où est la création ? La création ce n'est pas suivre bêtement, et à l'état agentique, les préceptes de telles ou telles règles. La vie, l'évolution, c'est essayer de comprendre, en transgressant les règles, dans le but d'y trouver une autre vérité qui devra elle aussi être remise en cause un jour. La création, c'est la remise en question permanente. Et si le monde n'était qu'une simple erreur ? Si le créateur s'était trompé, s'il avait oublié un ingrédient ou s'il en avait ajouté un par erreur : la vie. Si on regarde le système solaire, les planètes ne sont pas identiques, mais la nôtre se différencie en portant sur elle, une unique forme de vie. Mais si nous étions l'erreur du système solaire et non pas l'élu. Si tout cela n'était qu'une erreur…

Je ne sais même plus de quoi je parlais. J'ai l'impression que ça ne tourne pas rond dans ma tête, comme tu as toujours dit « tu as un petit vélo ».

Ma lettre est déjà bien longue, et je n'ai même pas eu le temps de te parler de pièce de théâtre que Jean et moi avons vue l'autre soir. La surprise était « La Mouette » de Tchekhov, jouée par de célèbres acteurs russes, que je ne connaissais pas. Mais vu les acclamations et les réactions du public, ils devaient être très connus. La pièce était magnifique, les costumes, la musique, les acteurs, la mise en scène, les décors. J'ai rarement vu autant de beauté devant les yeux, on aurait dit le musée des merveilles. Jean et moi n'avions jamais vu cette pièce de théâtre jouée autrement qu'en français, et en Russie, avec la langue d'origine, ça n'a rien à voir. L'émotion, la vie qui sort de ce spectacle est incroyable, c'est une boule d'émotion, d'amour et de désespoir, que tu ne trouveras jamais ailleurs. Je ne veux pas dire que les Français sont moins bons, mais rien ne remplace une pièce jouée dans sa langue d'origine. Je rêverai presque d'une carrière d'actrice russe. Quelle langue magnifique ! Jean m'a ensuite emmené dans un des plus beaux restaurants de la ville, et nous avons parlé de son travail, il est très heureux et s'épanouit de plus en plus. Je suis ravie que tout se passe bien pour lui, il ne pouvait pas rêver mieux. Maman je n'oublie pas que tu m'as demandé de t'envoyer une photo de la boutique. Jean te passe le bonjour, et pense fort à toi. Bonjour à Tante Rose et toute la famille.

Je t'embrasse ma chère maman, et j'ai hâte d'avoir de tes nouvelles.

Ta Sarah

Le 3 mai 19..

Ma chérie,

Je dois t'annoncer de tristes nouvelles. Ta tante est au plus mal, le docteur ne parvient pas à stabiliser son diabète et ses crises deviennent de plus en fréquentes. On lui a prescrit des piqures depuis quelques jours, mais la dose est difficile à gérer. Elle passe la plupart de son temps au lit, et ne veut recevoir personne, à part moi et le docteur. Albert et les enfants sont arrivés avant-hier, mais elle ne veut pas les voir. Albert ne veut pas démordre avec sa lubie du minimalisme, et continue de vider la maison avec les enfants. Ils ont décidé de faire une brocante. Je crois qu'ils ne prennent pas au sérieux, les soucis de santé de leur mère. C'est une femme tellement forte, ça me fait de la peine de la voir dans cet état. Elle se dégrade de jour en jour. Je ne sais plus comment faire, j'ai bien essayé de parler à Albert pour qu'il s'occupe plus de sa femme, qu'il soit à son écoute, mais en vain. Il ne s'intéresse qu'à ses affaires, et dit qu'il doit s'occuper de la maison, comme un homme.

— Ce n'est pas un petit clou dans ma chaussure, qui va m'empêcher d'avancer et de protéger ma famille, m'a-t-il dit tout à l'heure.

Dans un sens il a raison, mais ça ne lui ferait pas de mal de prendre soin de Rose. Tu sais qu'ils n'ont pas de rapport physique depuis trois ans. Ils vivent une relation platonique depuis des années, voilà pourquoi leur attitude est si distante. Si encore leur relation était accompagnée d'humour, pourquoi pas, mais ils n'ont pas l'air de s'amuser. En tous cas, moi je ne m'amuse pas ! Aussi, je ne sais pas si je devrais te le dire, mais je crois que Tante Rose et le docteur ont une liaison. Ce médecin de campagne est beaucoup trop présent et Rose connait beaucoup trop de choses sur la science. Je veux bien admettre qu'on soit passionné, et qu'on apprenne toute sorte de choses pour le plaisir, mais là il y a anguille sous roche. Je trouve ça bizarre. Je pense que si Rose est passionnée comme ça, c'est qu'elle veut plaire au docteur, ce qui expliquerait pourquoi elle n'a plus de rapport avec Albert. Tu sais, il ne faut jamais croire que c'est l'homme qui trompe le plus souvent sa femme. La femme peut très bien ouvrir les vannes de l'infidélité. L'homme à un égo tellement fort, qu'il ne se doute pas que sa femme a besoin de quelqu'un d'autre que lui.

Enfin, tout cela n'avance en rien à la situation. J'aimerais lui offrir un week-end à l'étranger, changer un peu de climats. Le docteur est pessimiste et m'a fait savoir que sa santé ne s'améliorera que très peu, voir plus. Je ne veux pas qu'un voyage la fatigue, ou qu'elle se sente trop diminuer, peut-être que s'il se joint au voyage, Tante Rose sera plus à l'aise. Je te tiendrai au courant, mais il est possible que dans quelques jours, mon adresse soit transférée.

Maman

Ma chère Maman,

Je souhaite à tante Rose un prompt rétablissement, et espère avoir de meilleures nouvelles dans ta prochaine lettre. Si je peux faire quelque chose, n'hésite pas à me le dire.

De mon côté, j'ai enfin fait accorder mon piano et par la même occasion, rencontré le presque gendre de Natasha. Enfin, je ne sais pas si rencontrer est le bon mot, car nous nous connaissions déjà ! Je vais essayer d'être le plus clair possible, pour que tu puisses te réaliser à quel point le monde est petit, et comme le hasard peut entrer dans notre vie sans que nous nous y attendions. Tu te souviens que je suivais des cours de musique au conservatoire national de la ville ? La semaine j'avais mes cours de piano avec Monsieur Piège, et deux fois par semaine, je naviguais dans l'enceinte du conservatoire, pour les cours de solfège. Il y avait des cours sur l'histoire de la musique, des instruments, des cours de rythme, et même de relaxation. Une année, mon professeur a ajouté des cours de cinéma, dans le cursus, plus précisément sur la musique de film. J'étais ravie, les cours de solfège m'ennuyaient et je n'avais aucun camarade. Tous faisaient de la guitare, de la trompette ou du basson. J'étais la seule à pratiquer le piano, pourtant ce n'était pas les élèves qui manquaient ! À ma grande surprise, très peu de parents souhaitent que leurs enfants suivent des cours de cinéma. Selon eux, cela n'avait rien à voir avec la musique, j'avais entendu un des parents d'élèves dire :

« Nous sommes dans un conservatoire pas dans une salle de cinéma. La musique est un art, le cinéma n'est que vulgarité et violence. »

J'ai entendu ce genre de réflexion trop souvent. Avant, j'avais envie de faire comprendre que le cinéma était un moyen d'apprendre, qu'il était l'art qui ressemblait le plus à la création divine. Le réalisateur et l'auteur créent des personnages et leur donnent vie. N'est-ce pas ça la création ? Ils créent des hommes et des histoires aussi bien que Dieu créât la nôtre. C'est un manque d'esprit de penser que le cinéma n'est qu'un divertissement ! J'étais tellement impatiente de commencer ces cours. Lorsque le jour arriva enfin, on me fit visiter la médiathèque que je n'avais encore jamais vue. Assis à une table, je remarquai un jeune garçon que je n'avais jamais vu auparavant, il était en train de lire un livre et avait l'air passionné par celui-ci, je me penchai pour lire le titre : « Les Frères Karamazov ». Je n'avais encore jamais vu un garçon de mon âge lire un livre comme celui-ci, ou alors sous une contrainte forcée ! Après m'avoir fait visiter une partie de la médiathèque, l'homme de l'accueil s'arrêta vers le jeune garçon et le coupa de sa lecture. Je déteste quand cela m'arrive, j'ai l'impression qu'on me réveille d'un rêve, et il est très rare que la personne qui vous dérange ait quelque chose de plus intéressant à dire que Dostoevsky. Le garçon leva la tête sur son bourreau, et referma le roman, après avoir marqué la page.

— Suivez-moi, nous dit-il, en se dirigeant à grands pas sautés dans une petite pièce qui était fermée à clé.

Mon camarade avait des yeux bleus d'une grande douceur et d'une grande malice, il me regarda amusé par l'allure qu'avait notre hôte.

— Installez-vous.

Il alluma la pièce, et nous fit signe de nous assoir sur les fauteuils. Il s'agissait d'une petite salle de cinéma privé, je n'en avais encore jamais vu de telle. J'avais l'impression d'être à Hollywood dans un studio privé où les producteurs regardaient le travail de la journée. Mon camarade et moi nous installons l'un à côté de l'autre près de l'écran, les yeux brillants comme deux enfants.

— Votre professeur a un peu de retard, je vais attendre avec vous jusqu'à ce qu'il arrive, ça ne devrait pas être long.

Il poussa un profond soupir, il n'avait visiblement aucune envie de rester coincé avec nous dans cette pièce. Mon camarade et moi regardions autour de nous comme si nous étions dans une navette spatiale sur le point de décoller.

— Tu fais quoi comme instrument toi ?

— Du piano, lui répondis-je en baissant les yeux.

Je me sentais rougir, ses yeux me faisaient un effet que je n'avais jamais connu avant, et je ne savais pas pourquoi. C'était un beau garçon sans être d'une grande beauté, il était un peu fort pour son âge, il portait des lunettes rectangulaires, qui penchaient un peu sur le côté, il était grand, habillé simplement, mais il y avait quelque chose en plus qui me plaisait.

— Tu as qui comme professeur ?

— Monsieur Piège.

— Moi aussi.

— Chut !

L'homme de l'accueil voulait faire respecter l'ordre, et nous demanda de parler moins fort ou de nous taire. Mon camarade esquissa un sourire, et se mit à loucher pour me faire rire. Notre professeur arriva enfin et libéra l'homme qui nous tenait en otage.

— Le film va commencer.

Il se présenta à nous rapidement, et s'installa dans un fauteuil derrière nous, sans un seul bruit. Nous n'osions pas nous retourner. Les lumières s'éteignirent, la navette spatiale était sur le point de décoller, les crépitements de la bobine s'enclenchèrent et nous vîmes apparaître devant nous les premières images de « La nuit du chasseur » de Charles Laughton.

— Regardez bien les lumières, les acteurs et écoutez la musique. Nous étudierons ce film, tout le trimestre.

Le cours se termina, papa était venu me chercher à la sortie, et la maman d'Aliocha, c'était son prénom, l'attendait sur le palier, lorsque nous attendions nos parents nous avons eu le temps de parler du film, j'étais étonnée de voir qu'il avait une importante culture cinématographique. Nous nous fîmes un signe de la main en guise d'au revoir et sommes rentrés, chacun chez nous. Depuis, j'attendais avec impatience les cours de cinéma. Nous parlions de musique, de nos professeurs, de cinéma, de littérature. Cette semaine-là, nous eûmes un excellent cours sur la cinématographie, fait par le directeur de la photographie. Chaque plan de ce film est une œuvre d'art. Le professeur nous a expliqué les différentes mises en scène, en nous montrant des extraits de films que nous ne connaissions pas. Je crois qu'il a élargi son programme pour nous. Comme à chaque fin de cours, nous nous retrouvions sur le palier à attendre nos parents. Nous n'étions pas très bavards, mais comme un effet miroir, je me reconnaissais en lui. Les semaines passèrent et nous arrivions à la fin du trimestre, nos notes étaient excellentes et notre intérêt pour le cinéma grandit. Je me suis promis de ne jamais oublier Aliocha.

L'homme qui est venu à la bibliothèque acheter le livre d'Homère, et le « presque gendre » de Natascha, c'est lui. Que le monde est petit maman ! Je n'avais pas pensé à lui depuis des années. Je ne l'ai jamais revu depuis ce cours de solfège et je le retrouve ici à Pétersbourg. Quelle surprise avons-nous eue, lorsque nous nous sommes trouvés l'un en face de l'autre. Il resta planté au milieu de la pièce, la main sur le cou, gêné. J'ôtai mon tablier et essayai de retenir un rire nerveux. Je fis le premier pas, après tout j'étais chez moi, et je lui avais demandé de venir.

— Sarah, enchantée, lui dis-je en russe

— Davisdania, me répondit-il.

Il avait détendu l'atmosphère, nous n'en croyions pas nos yeux, depuis toutes ces années nous nous retrouvions ici, comme deux idiots au milieu d'une pièce dans un pays que nous ne connaissions pas.

— Alors vous vendez des livres russes ?

— Que vous ne comprenez pas !

— Arrêtez de dire que je ne comprends pas le russe !

— Vous venez de me dire « au revoir » à l'instant, en croyant dire bonjour.

— C'était pour vous faire rire, dit-il en souriant.

Je lui proposai de s'assoir pendant que j'apportai les biscuits et le thé. Aliocha se leva pour regarder les partitions qu'il y avait sur mon piano.

— Mon professeur de piano avait la même manie. Il adorait colorier les partitions.

C'est avec cette réflexion que nous nous sommes reconnus. Nous ne nous connaissions pas seulement de la librairie, mais depuis des années à Paris. Son prénom s'échappa de ma bouche.

— Aliocha ?

— Le conservatoire de musique ! Je savais bien que

je vous avais déjà vu quelque part ! Que faites-vous à Saint-Pétersbourg ?

— J'attends que vous accordiez mon piano.

Je serai incapable de te dire combien de temps il s'est passé entre cette réponse, et lorsque je raccompagnai Aliocha à la porte, mais il faisait nuit à présent. Nous nous sommes rappelés le conservatoire, les amis que nous avions en commun et la dernière fois où nous nous sommes vus lors de ce fameux film. Nous avons parlé de cinéma, chacun voulait avoir vu plus de films que l'autre, une histoire d'égo enfantine. Comme c'est étrange de le retrouver ici, dans un autre pays, dans une autre vie. Nous étions adolescents lorsque nous nous sommes rencontrés. Juste une question de temps, c'est lui le seul protagoniste. Aliocha monta les escaliers pour rejoindre l'appartement de Natascha, au moment où il ferma la porte de l'appartement, la porte d'entrée s'ouvrit sur Jean, qui avait apporté à manger pour le soir. Voilà ma petite histoire maman. Mon piano est accordé maintenant ! Je vais pouvoir jouer.

J'ai hâte de te lire maman.

Je t'embrasse de tout mon cœur,

Ta Sarah

Le 13 mai 19..

Ma chère Maman,

Cette courte lettre pour te dire que j'ai repris mon travail dans la libraire. Depuis quelques jours, Vladimir me laisse en charge de la boutique, cela me fait beaucoup de travail, mais je me débrouille plutôt bien. Jean travaille beaucoup, ce qui inquiète un peu ses parents. De mon côté, mon piano fonctionne à merveille. Quel plaisir ! J'espère que je ne dérange pas trop les voisins ! Enfin, si c'était le cas, je suis sûre que Natasha me demanderait de faire moins de bruit. Aliocha est passé ce matin, pour me donner quelques partitions de musique, qui trainaient chez Natasha. Ce sont principalement des morceaux de Debussy, je les ai acceptés par politesse. Monsieur Piège voulait absolument me faire jouer Debussy, tous les ans, j'y avais droit. Le pauvre s'il savait à quel point Debussy m'ennuie. De toute façon, je ne les ai presque jamais travaillées à la maison, je découvrais le texte devant lui, et il n'y a toujours vu que du feu. C'est tellement lent que ce n'est pas très compliqué à déchiffrer. S'il m'entendait ! Aliocha et moi n'avons pas eu le temps de nous parler, malheureusement, il part ce week-end avec Pouchka dans le nord, pour rendre visite à une cousine, Natasha les accompagne.

J'allais oublier, j'ai trouvé un livre qui pourrait te plaire ! « Les souffrances du jeune Werther » de Goethe. Nous en avons parlé avec Aliocha, en accordant le piano. C'est un roman superbement écrit, et traduit, qui raconte une histoire d'amour impossible. Je n'avais pas repensé à ce livre depuis des années. Je t'enverrai une copie demain, nous pourrons en parler ensemble si tu veux. Aliocha aime toujours autant lire, c'est amusant, il est resté comme dans mes souvenirs et n'a pas beaucoup changé. En ce moment il lit « Premier Amour » de Tourgueniev, à croire que nous avons la même bibliothèque. Je lui ai demandé si Pouchka aimait lire elle aussi, mais elle n'a pas le temps, elle travaille beaucoup trop. Elle est sur le point de monter une affaire très importante, entre la Russie et la France. Je ne sais pas si j'aurai un jour la chance de la rencontrer. Le peu de temps où elle ne travaille pas, elle part avec Aliocha et sa maman en week-end, pour profiter de son temps libre. C'est amusant, on me parle tellement de Pouchka, que j'ai l'impression de la connaitre.

Ma chère maman, j'espère que ta santé et celle de Tante Rose se sont améliorées. Donne-moi vite des nouvelles.

Sarah

Ma chère petite fille,

J'ai de bien mauvaises nouvelles à t'annoncer. La sœur de ton papa, notre chère Tante Rose est décédée ce matin. Nous étions en train de prendre notre petit déjeuner dans le salon, lorsqu'une violente crise s'est emparée d'elle. Elle était allongée sur le sol, lorsqu'elle a poussé son dernier souffle. Le docteur qui venait tous les matins depuis quelques jours est arrivé quelques minutes trop tard. Il était bouleversé, il aimait sincèrement ta Tante. Cet accident est survenu tellement subitement. Il y a quelques jours, j'avais parlé au docteur de mon idée de faire un voyage, il trouvait l'idée très bonne, et était en train de voir s'il pouvait déplacer quelques rendez-vous pour se joindre à nous. Ta tante était enthousiaste par cette proposition, et avait demandé à la gouvernante de lui préparer quelques habits en dentelles pour le voyage, elle avait envie de porter de belles tenues. Je n'arrive pas à croire que je parle au passé. Albert ne sait plus où donner de la tête, lui qui pensait le diabète était un problème de gloutonnerie. Comme il se trompait, comme il s'est toujours trompé. Les enfants ont arrêté de courir, ont rangé leur chambre et restent dans la bibliothèque à attendre sagement. Je ne pensais pas dire ça un jour de ces deux petites crevures, mais les voir assis à leur table, seuls, sans dire un mot me brise le cœur. Je n'aurais jamais voulu une chose pareille. Ils nous regardent organiser les funérailles, et parfois sortent prendre l'air après avoir demandé l'autorisation à leur père. Je ne les ai jamais vus comme ça, et je pense que je ne les reverrai plus autrement. Je suis effroyablement triste. Albert et moi préparons comme nous pouvons l'enterrement, la gouvernante et quelques voisines viennent nous aider pour préparer les affaires, et mettre en ordre les papiers. La maison est à présent entièrement rangée. Nous prévoyons de faire une réception après la cérémonie, celle-ci aura lieu en fin de semaine, nous n'avons pas pu avoir de place plus tôt. Le mois de mai est un mois chargé. Le prêtre me disait qu'il devait alterner entre un mariage et un enterrement. Je ne sais pas si tu souhaites venir, mais fais-le-moi savoir pour que je puisse prévenir Albert. Nous te préparerons une chambre. Ma chère petite, je serai heureuse de te revoir dans ce moment si dur. Je viens seulement de faire le deuil de ton papa, et maintenant je dois le faire avec une autre perte. Dès que Rose sera enterrée, je rentrerai à la maison, je ne souhaite pas rester dans ce manoir sans ta tante. Ce sont dans ces moments que nous nous rendons compte que la vie est fragile, et qu'il faut en prendre soin.

Je t'aime ma petite fille, excuse-moi de ne pas prendre le temps de répondre à tes deux belles lettres, j'ai beaucoup à faire et la tête ailleurs.

À bientôt, ma fille,

Maman

Le 18 mai 19..

Ma chère Maman,

Je prends un billet de train pour te rejoindre le plus vite possible. Je n'arrive pas à croire que Tante Rose n'est plus avec nous. Tout cela est tellement soudain. Quel regret j'ai de ne pas avoir pris le temps de la voir une dernière fois avant mon installation à Pétersbourg ! La dernière fois que j'ai vu tante Rose, c'était dans ce magasin de jouets, qui était sur le point de fermer. Elle était tellement triste de voir ce beau magasin fermer la veille de Noël qu'elle voulait absolument nous y emmener une dernière fois, pour que nous puissions voir à quel point cette boutique était magique. C'est là qu'elle a acheté nos cadeaux sous le regard agacé d'Albert qui considérait que ce n'était plus des cadeaux puisqu'il n'y avait pas de surprise. Nous avions parcouru tous les rayons pendant qu'Albert et les enfants se bousculaient pour entrer dans le nouveau magasin de la ville. Je ne vois pas l'intérêt de s'entasser dans un endroit en avant-première, alors qu'il sera vide le lendemain. Papa et Rose regardaient les jouets avec des yeux brillants. Je suis sûre que si nous n'avions pas été là, elle aurait versé quelques larmes. Elle s'était arrêtée devant une vieille poupée, aux cheveux blonds, les lèvres peintes en rose, avec une jolie robe de princesse à voile blanc. Elle posa son doigt sur la boite qui protégeait le jouet, et le laissa glisser. Elle voulut prononcer quelque chose, mais sa voix se nouât pour laisser place à un soupire discret. Elle prit des cadeaux pour tout le monde ce jour-là, pour nous faire plaisir et renouer avec le souvenir du temps passé. Le mien était une petite poupée russe en tissu.

Ma chère maman, c'est avec tristesse que j'ai hâte de te

revoir. Présente toutes mes condoléances à Albert et aux enfants.

P.-S. : Jean ne m'accompagnera pas, il a d'urgentes affaires à régler.

Ta Sarah

Pétersbourg, le 29 mai 19..

Ma chère Maman,

Je suis rentrée à Pétersbourg, ce matin. Le retour est toujours plus long que l'allée. Jean est venu me chercher à la sortie du train et nous sommes rentrés à la maison, où un bon potage nous attendait. Je passerai voir Natasha cet après-midi. Jean m'a dit qu'elle avait été adorable avec lui pendant mon absence, elle l'a invité à diner plusieurs fois. Il est tombé amoureux d'une table en hêtre construite par Aliocha et aimerait lui en commander une. Il regrette beaucoup de ne pas avoir pu faire le déplacement, et vous prie de bien l'excuser encore une fois. Il a hâte que tu voies notre appartement, et que tu viennes nous rendre visite.

Je t'embrasse.

Sarah

Ma chère petite,

Je suis bien rentrée à la maison, et reprends mes marques petit à petit, mais je t'avoue que c'est difficile de penser à autre chose. Pour me changer les idées, j'ai décidé de vider les affaires dont je ne me sers plus, pour faire le tri dans la maison et ma pensée. Il y a beaucoup trop de choses que l'on garde, et qui ne servent à rien à part nous encombrer la tête, et les placards. Comme disait ton père, le jour où tu disparais, tu n'emportes rien avec toi, les souvenirs sont dans la tête, pas dans la matière, et c'est très bien comme ça. Albert a beaucoup changé comme tu as pu le voir. Je m'en veux de l'avoir laissé seul avec les enfants, mais il a insisté. Je ne sais pas comment il va se débrouiller, entre son travail et la charge des enfants. Tante Rose faisait tellement de choses.

Remercie Natasha et Vladimir pour leurs condoléances, et dis-leur que je serais ravie de les rencontrer. Pour le moment, je ne prévois pas de faire un aussi long voyage que celui de Pétersbourg. J'aimerais rester chez moi quelque temps pour me reposer, et j'irai certainement proposer mon aide à Albert dans quelques semaines. Il me reste encore un peu de temps pour m'occuper de mon jardin avant qu'il ne fasse trop chaud.

J'espère que tu ne m'en voudras pas ma petite, mais j'ai besoin de prendre un peu de temps pour moi. Ne te fais pas de soucis pour moi, et profite de Jean. Partez en voyage, profitez de votre jeunesse et de votre amour.

À bientôt, ma chérie.

Maman

Le 3 juin 19..

Chère Sarah,

Je tiens à vous présenter mes condoléances pour le décès de votre Tante. J'espère que vous êtes bien rentrée à Pétersbourg, et que vous retrouverez un peu de temps pour vous. Cette lettre pour vous offrir quelques partitions de piano que j'ai retrouvées dans mes dossiers. Je me suis dit qu'elles vous changeraient les idées. Pouchka et moi sommes à Paris en ce moment, nous reviendrons la semaine prochaine. Natacha m'a dit que votre mari souhaiterait que je crée un meuble pour votre appartement, j'en serai ravi. Nous pouvons convenir d'un rendez-vous à mon retour.

Bien à vous,

Aliocha

Cher Aliocha,

Je vous remercie de vos condoléances. Ces dernières semaines ont été éprouvantes, et chaque attention reçue me donne du baume mon cœur.

Merci pour vos partitions de musique. Décidément, vous aimez beaucoup Debussy ! Il était le compositeur préféré de mon professeur de piano. Je reconnais son talent et je ferai de mon mieux pour travailler les partitions que vous m'avez si gentiment offertes, mais je ne vous promets pas qu'elles égayeront mes journées. J'ai toujours trouvé qu'il était ennuyeux en comparaison à Schumann, Chopin ou Beethoven, qui eux font résonner en une mélodie, la complexité de l'âme humaine. J'espère que mon commentaire ne vous offensera pas, et je vous promets que je ferai un effort, pour jouer les morceaux que vous avez eu l'amitié de partager avec moi.

Concernant la proposition que vous a faite mon mari, je suis impatiente de travailler avec vous. Mais je préfère vous prévenir, je ne connais absolument rien en décoration, et je serais incapable de différencier telle ou telle matière, peut-être est-ce préférable que vous voyiez avec mon mari, ou Natacha qui a un goût exquis.

En attendant de vous revoir, je vous souhaite un agréable séjour à Paris, et vous remercie encore pour votre message et vos attentions.

À bientôt,

Sarah

Très chère voisine,

Comment osez-vous dire que Debussy est ennuyeux ! Je n'ose pas relire votre lettre de peur qu'il ne vous entende. Êtes-vous dépourvue de tout romantisme, pour ne pas entendre les caresses qu'il nous fait sentir du bout des doigts. Pour une femme, je pensais que vous seriez plus sensible à ce genre de doigté qu'à ceux des compositeurs que vous citez, et qui martèlent sur leur piano. Bien que je reconnaisse également leur talent, ce sont pour moi des compositeurs de variété, comme nous disons à Paris. Il faut avoir l'esprit et le cœur ouvert pour ressentir les vibrations de Debussy. C'est ce que j'ai ressenti dès que j'ai entendu les premières notes de « Clair de Lune ». Comment est-ce possible que nous ayons eu le même professeur de musique et que vous soyez insensible à ce point ? Les partitions que je vous ai envoyées ont d'ailleurs été choisies par lui.

Concernant la pièce que votre mari m'a commandée, malgré votre ignorance, vous serez susceptible de m'aider. J'aurais uniquement besoin de votre validation sur la matière et la forme que vous souhaitez.

Ma chère camarade, sachez que je suis profondément déçu de savoir que vous n'avez aucun goût pour la musique.

À bientôt,

Aliocha

Cher Aliocha,

Quelle susceptibilité ! Je conçois qu'il était indélicat de vous avoir fait une réflexion sur votre cadeau, mais je n'ai pas pu m'en empêcher. Cela aurait été un manque de respect de vous faire croire que votre cadeau me réchaufferait le cœur. Concernant Monsieur Piège, je n'ai pas gardé contact avec lui. Mais croyez-moi, quand je vous dis que j'ai essayé d'aimer Debussy, mais jouer un morceau qui ne vous procure aucune émotion n'est pas agréable. Quoi qu'il en soit, rien ne vaut votre commentaire. Comme je vous l'ai dit, je ferai de mon mieux pour travailler les partitions que vous m'avez offertes, et y trouver un quelconque intérêt. Ce que je voulais dire à propos de Bach et Beethoven c'est qu'eux sont vivants et passionnés, alors que Debussy n'est jamais sorti de son mortel ennui. Je l'écouterais à la limite pour dormir, mais certainement pas pour m'émouvoir.

Sur ce, je vous laisse à l'écoute de votre compositeur favori.

Adieu, Sarah.

Le 7 juin 19..

Très chère voisine,

Je n'ai jamais dit que Debussy était mon compositeur préféré, vous me prêtez des mots que je n'ai jamais écrits ! Il y a évidemment d'autres artistes qui font partie des gens que j'aime jouer et plus que vous ne le pensez. Bach, Bartók ou encore Liszt. Vous qui aimez les émotions en pagaille ! Je commence à comprendre pourquoi notre professeur ne nous a jamais présentés, nous nous serions volés dans les plumes. J'ai pris beaucoup de plaisir à jouer Debussy en concert. Si vous aviez eu la chance de m'écouter jouer, je vous aurais peut-être fait aimer la musique, mais je n'ai pu participer à beaucoup d'entre eux, car je voyageais pour accompagner mon père, lors de ses voyages d'affaires. C'était un des seuls moments où j'avais l'occasion de passer du temps avec lui, délaissant parfois mes cours de solfège, à l'exception de notre cours de cinéma. À l'époque, vous n'étiez pas si révoltée !

P.-S. : Lorsque je vous ai apporté les partitions qui appartenaient au défunt mari de Natacha, vous m'avez dit de la remercier sincèrement. Je m'aperçois que vous lui avez menti dans le but de ne pas la froisser. Je vois que vous ne considérez pas tout le monde de la même manière, ne venez pas me parler de « respect ».

Adieu, Aliocha.

Le 8 juin 19..

Cher Aliocha,

Je pense qu'il est temps de mettre fin à nos chicanes. Je viens de perdre une personne chère à mon cœur, et je n'ai pas envie de perdre mon temps à parler de Debussy toute la journée. J'ai d'ailleurs mis beaucoup trop de temps à faire comprendre à Monsieur Piège que je détestais celui-ci. Moi qui voulais jouer « La lettre à Élise », morceau qui était cher à mon papa. Il a toujours été contre, me disant que c'était trop joué dans les conservatoires. Comme si « Claire de Lune » était moins joué ! Mais vous ne pouvez pas comprendre, car vous aviez les mêmes goûts que notre professeur. Si je vous demandais de jouer Chopin alors que vous détestez Chopin, là serait une autre affaire. Oh, et puis à quoi bon ! Natacha et moi avons pensé à une table dans le style d'un guéridon pour mon appartement, assez grande pour accueillir le thé et un jeu d'échecs. J'espère que vous n'allez pas me dire que vous avez aussi une aversion aussi pour ce jeu !

P.-S. : Vous trouverez à l'intérieur de cette enveloppe, une partition de la Polonaise N15 en B, de Chopin.

Adieu, Sarah

Le 8 juin 19..

Ma chère petite,

Cette lettre pour partager avec toi l'évolution de la situation, car je ne sais plus quoi faire. Elle devient aussi absurde qu'insupportable.

Comme tu le sais, Albert est sujet à ce que j'appellerai « des phases ». Depuis le décès, il a beaucoup changé. Il a vidé le manoir, au départ il voulait tout vider pour vivre avec le minimum, mais maintenant, il est parti dans une phase mystique. Il a décidé de s'ordonner lui-même religieux et de vivre en moine. Il a quitté son travail, et pris une institutrice religieuse à domicile pour les enfants. Et d'après ce qu'on m'a dit, il se mure dans le silence depuis déjà trois jours. Je ne sais pas quoi en penser. Est-ce qu'il s'agit d'une phase de deuil certes originale qui lui passera, ou est-ce qu'il faut que je m'inquiète ? Penses-tu que je dois aller là-bas ? Je pense aux enfants, tu comprends, je ne sais pas ce que cette religieuse leur apprend. Ils viennent de perdre leur mère, les changer d'environnement n'est pas la meilleure solution.

Une voisine de Rose m'a écrit à la hâte, qu'Albert était sur le point de faire construire une chapelle et que cela poserait des problèmes à la Mairie. Les plans de la chapelle seraient disproportionnés, et empiéteraient sur une zone communale, sans compter, comme me dit la voisine que ça lui gâcherait une partie du paysage.

Je ne sais pas ce qui lui prend ? Je sais qu'Albert est impulsif, mais là, il exagère. J'aurais dû me douter de quelque chose. L'autre jour, j'ai reçu une lettre de sa part me remerciant pour l'attention que je lui ai donnée ces dernières semaines, et à la fin de la lettre, il me met une citation de François d'Assise.

J'ai pensé qu'il faisait un effort, car il sait que je suis croyante, mais de là à penser qu'il voulait devenir François d'Assise. Mon Dieu ! Ton père et ta tante viennent de quitter cette terre et voilà que ton oncle décide de vivre reclus dans un manoir vide avec une chapelle. Moi qui étais bien tranquille chez moi, je vais devoir retourner vivre au Manoir.

Ma chère fille, ne te fais pas de soucis.

Je t'embrasse, donne moi de tes nouvelles.

Maman

Le 15 juin 19..

Ma chère Maman,

Je te prie d'excuser le silence de ces derniers jours. Je n'ai pas voulu te déranger. J'espère que tout se passe bien au Manoir et qu'Albert n'est pas trop compliqué à vivre. Fais attention qu'on ne profite pas trop de lui, il est fragile et c'est là que les cultes, ou d'autres idéologies arrivent à atteindre les hommes. J'espère qu'il retrouvera la raison au plus vite. Je pense bien à toi ma chère maman. Si je peux faire quoi que ce soit, dis-le-moi, je t'en prie, tu ne me dérangeras pas, au contraire, je serais heureuse de pouvoir t'aider.

De mon côté, tout se passe bien à la librairie. J'ai touché mon premier salaire ! Je ne compte pas mes heures, je suis bien trop heureuse de travailler. Il y a de plus en plus de clients étrangers, les grandes vacances commencent, et je vois beaucoup de touristes. Les guides, et histoires historiques se vendent très bien. Ce qui se vend le plus est le dernier roman mettant en scène Anastasia Romanoff, la petite fille perdue du Tsar Nicolas II. Vladimir dit que je me débrouille très bien pour conseiller les clients. Jean vient me chercher tous les soirs, et nous rentrons ensemble dans les rues de Pétersbourg. Il fait très beau en ce moment, c'est très agréable.

J'essaie de prendre soin de l'appartement. Jean a demandé à Aliocha de lui créer un meuble pour la pièce principale. Nous avons choisi une table basse où l'on pourrait jouer aux échecs, et boire le thé. J'adore ce jeu, ça fait tellement longtemps que je n'y ai pas joué. J'adorais y jouer avec papa. Natacha m'aide beaucoup, je la revois tout à l'heure pour le thé. Depuis que sa fille est partie, elle se sent un peu seule. Elle m'a montré le travail d'Aliocha et je dois avouer qu'il est très doué. Il a un goût qui n'est pas forcément le mien, mais la manière dont il travaille le bois est très élégante. Je me garderai bien de le lui dire ! Depuis quelques jours, on se chamaille à cause d'une partition de Debussy. Trop longue histoire pour te l'expliquer en détail, mais j'ai été un peu brute en lui disant que je n'aimais pas ce compositeur, et depuis il se montre désagréable. Je remercie le ciel, que nous n'ayons pas créé de lien plus fort pendant ce cours de solfège, nous avons échappé à de belles disputes. De toute façon, nous n'avons rien en commun, à part peut-être quelques livres, et encore, je suis sûre qu'il trouverait encore à redire à ma bibliothèque. Quand je pense que j'étais contente de le retrouver.

Je ne sais pas pourquoi je te parle de lui. Le pire, est que Jean l'adore ! Enfin, il a le beau rôle, c'est moi qui vais devoir travailler avec lui. Il aurait mieux fait de se couper un doigt plutôt que d'avoir cette idée. Assez parlé de tout cela, tu as assez de problèmes à gérer, ma petite maman.

Je te souhaite bon courage avec Albert, tiens moi au courant le plus vite possible. Je pense fort à toi.

Ta Sarah

Chère Voisine,

Merci pour votre partition, mais j'ai déjà travaillé ce morceau. Vous êtes surprise, je présume, qu'un admirateur de Debussy aime Chopin ? Et bien soyez déçue, j'ai même gagné plusieurs prix grâce à lui. Je sens une larme d'humiliation, couler sur votre visage de porcelaine. Monsieur Piège vous adresse ses salutations. Vous ne m'en voudrez pas, je me suis permis de lui parler de notre rencontre impromptue. Je m'attendais à le voir déverser sur vous des couleuvres, mais ce ne fut pas le cas. Il vous a beaucoup aimé comme élève et vous décrit comme ; je cite « quelqu'un qui travaille uniquement lorsqu'elle est intéressée ». Rassurez-vous, nous n'avons pas parlé de vous toute la soirée. Après nos retrouvailles, je suis passé au conservatoire. Rien n'a changé. Les salles ont toujours les mêmes murs jaunis et tapissés de vieux tableaux. Seuls les pianos offrent un peu de luxe à ces tristes salles. Je suis entré dans celle dédiée à Massenet, et me suis mis au piano, en attendant que quelqu'un vienne m'arrêter. J'ai joué tout ce que j'avais dans la tête, improvisant en fonction de mes émotions, comme le font les jazz-mens. J'avais eu l'impression d'avoir arrêté le temps. Je voyais ma vie défiler au rythme des cordes, je me revoyais retrouver ma mère, prendre la route en montée. Je me souviens des grosses pierres de taille qui étaient presque aussi grandes que moi, je les ai revues à taille d'homme aujourd'hui pour la première fois. En jouant, je me suis mis à fredonner la chanson « Leaning » chantée dans le film « La Nuit du Chasseur ». Les accords sont venus naturellement, et je chantais en tapant sur les touches de ce beau piano noir laqué qui reflétait le visage d'un homme trop âgé pour s'inviter dans une salle sans autorisation. C'est lorsque le soleil s'est couché que je suis sorti, personne n'était venu me déranger. Je suis rentré à pied toujours avec cette chanson dans la tête…

Je n'avais pas pensé à ce film depuis des années. Pourquoi penser au passé maintenant ? Toujours ressasser des vieilleries ne rime à rien, comme dit Natacha, je devrais l'écouter. J'aimerais partager ces films avec quelqu'un, ils veulent dire tellement de choses, et j'aime la cinématographie. Les ténèbres ont enfin une place dans la lumière. C'est incroyable de vous avoir retrouvé à Pétersbourg chère Sarah. Même si votre manière de communiquer m'agace, votre présence me ramène à une période de ma vie que j'avais presque oublié.

Je vais devoir vous laisser pour préparer nos affaires de voyages. Je suis désolée, mais vous aurez l'horreur de me revoir.

À très bientôt Madame Debussy.

P.-S. : J'espère que vous avez pris le temps de réfléchir à notre affaire, il est hors de question que je vous explique tous les différents types de bois !

Aliocha.

Ma chère petite,

Je suis bien arrivée au Manoir. Albert a tout vidé, on se croirait dans un hospice ! Il ne reste rien de ta tante, à part quelques babioles entassées dans le grenier, il a tout vendu pour donner de l'argent à l'église.

Tu ne le reconnaitrais plus ! Lui qui avait de si beaux cheveux est maintenant chauve, il est méconnaissable. Il n'a plus que deux paires d'habits et chaussures pour l'été et l'hiver. Il m'a installé dans une chambre isolée où il a fait installer de gros volets impossibles à ouvrir tellement ils sont lourds. Je ne vois presque pas la lumière du jour. C'est à peine si j'ai une couverture, il a posé un drap sur le lit, un oreiller et un seau pour les besoins comme autrefois. Il veut enlever les salles de bains du Manoir en disant « Dieu n'a pas de salle de bain, il utile la nature et en plus ça prend de la place ». Si ta tante voyait ça. Son mobilier qui valait une fortune, si j'avais su, je lui en aurais acheté une partie. Mais il a horreur de donner ses affaires. Une fois, nous étions en train de déménager les affaires de ses parents, et je vois dans la cuisine une table parfaite pour chez nous. Je me permets de lui demander s'il serait susceptible de nous la donner, puisqu'il était sur le point de la jeter ! Tu sais ce qu'il m'a répondu : « Ah non, ma mère se retournerait dans sa tombe » Tu te rends compte ! Les enfants vont bien, la jeune fille qui s'occupe d'eux leur fait le catéchisme. C'est une bonne fille, elle n'est pas illuminée. Ce n'est pas une mauvaise chose en soi, une éducation religieuse est toujours intéressante, à partir du moment où on laisse de la place pour la réflexion, d'autres mouvements de pensées, et la science. J'ai essayé de demander à Albert quel a été l'élément déclencheur de ce changement d'attitude soudain, mais il n'a pas voulu s'expliquer. Il avait l'intention de partir pour trois mois de mutisme, mais il s'est vite rendu compte que s'il voulait communiquer c'était difficile, et comme il voulait changer des choses dans l'appartement, la parole lui était nécessaire encore quelques jours. Il nous a préparé une soupe hier soir, avec des produits du jardin, sans un mot. À la fin de celui-ci, les enfants ont lu un passage de la Bible au hasard. Nous avons eu le plaisir d'entendre l'histoire de Dalilah, la prostituée qui couche avec des hommes pour leur soutirer des informations. Je suis fascinée par cette histoire, et par le fait que des familles appellent leur fille Dalilah. Albert a payé un curé pour faire une messe dédiée à Rose. Demain je l'accompagnerai avec les enfants et à la fin de la messe le curé prononcera le nom de Rose, et demandera aux fidèles de prier pour elle. J'espère que les gens ne vont pas jaser en me voyant avec Albert. Tu sais, il faut toujours se méfier des ragots.

De ton côté, que se passe-t-il avec cet Aliocha ? Vous étiez ensemble au conservatoire, c'est extraordinaire que vous vous retrouviez à Pétersbourg et dans la même propriété ! Faites en sorte de vous entendre, ce serait dommage que des broutilles viennent entacher ta relation avec Natasha.

Je vais devoir te laisser ma chère fille, j'aimerais que tu reçoives cette lettre avant le week-end.

Maman

Le 25 juin 19..

Ma chère Maman

Je n'arrive pas à croire ce que tu m'écris. Quel dommage ! Prends soin d'Albert, la mort de Rose a dû lui faire un choc, et je suis sûre qu'il ne se rend pas compte de ce qu'il fait. Ne sois pas trop brutale, après tout il est adulte et a le droit d'agir comme il le souhaite.

De notre côté, tout se passe pour le mieux, Jean et moi prenons du temps pour nous, et sommes allés nous balader en dehors de Pétersbourg. Nous rions toujours beaucoup ensemble. Que je l'aime maman ! Cela a beau faire dix ans, il me fait toujours rire. Nous avons diné chez ses parents cette semaine. Cette fois, je n'ai pas eu le temps de leur faire un gâteau, alors Jean a été en choisir un dans une pâtisserie française. Il était délicieux. Tu te souviens, la première fois où papa et toi avez rencontré ses parents ? Son père s'était mis à la cuisine tôt le matin, et la maternelle a voulu faire une décoration spéciale, pour l'annonce de notre mariage. Elle avait fait installer un nouveau papier peint avec des feuilles de laurier, et de petites pommes rouges décoraient les tables, et le dessus de cheminée. C'était magnifique, nous avions tous passé un agréable moment. Qu'est-ce que Joseph cuisine bien ! À chaque fois que nous allons leur rendre visite, il adore nous faire plaisir avec des plats français, ou des recettes russes revisitées. Nous avons passé une très belle soirée. Tu as raison maman, j'ai de la chance d'avoir une belle famille comme celle-ci.

Une autre bonne nouvelle ! Le patron de Jean est tellement content de son travail qu'il a décidé de nous offrir quelques jours de vacances ! Je n'ai pas encore prévenu Vladimir, mais je ferai en sorte d'avancer sur pas mal de choses, pour qu'il ne soit pas débordé pendant mon absence. Je suis heureuse pour Jean, je le vois tellement travailler. Heureusement que je suis là pour lui, je ne sais pas comment il ferait, s'il n'avait pas quelqu'un qui l'attendais, en fin de journée. Je sais que ce n'est pas la mode de parler des femmes qui s'occupent de leur mari, mais n'est-ce pas ce qui fait un mariage ? Être là l'un pour l'autre, dans le respect, l'amour et le soutien. Une femme peut très bien être libre, et prendre soin de son mari sans que cela ne remette en question sa place dans la société. J'entends beaucoup de femmes qui disent qu'elles n'ont pas à attendre leur mari, qu'ils peuvent bien se débrouiller. C'est un fait, tous les gens valides peuvent se débrouiller seuls, mais l'amour, l'entre-aide, le plaisir de faire quelque chose pour la personne qu'on aime ne devraient pas créer de désaccord avec le féminisme. Nous avons besoin de solidarité et d'amour, et je refuse qu'un mouvement radical influence la manière dont je traite mon mari, et sur mes choix de vie. Chacun est libre d'agir comme il le souhaite, et je ne veux pas avoir honte de prendre plaisir à m'occuper de ma maison et de mon mari. Natacha et moi en avons parlé l'autre jour. Elle est de la vieille école, pour elle, une femme doit être entretenue, c'est lui qui doit veiller au sein de la famille, financièrement et physiquement, comme chez les animaux.

Pour parler un peu d'Aliocha, nous avons passé l'après-midi ensemble, pour parler du design de la table. C'est très compliqué de travailler avec lui, depuis que nous nous parlons par lettres nous n'arrêtons pas de nous chamailler. Il est un peu moins désagréable en face à face, mais il manque de correction, et il est d'une susceptibilité ! Tout ça parce que je lui ai dit que je n'aimais pas Debussy, c'est incroyable ! J'ai quand même le droit d'avoir des goûts différents des siens. Et puis de toute façon, je n'ai pas à m'expliquer ! Il rejette la plupart de mes opinions à croire qu'il fait exprès de me contredire. J'avais pris un temps minutieux à mettre les papiers en ordre, et à me renseigner, pour lui montrer mon intérêt. Je crois qu'il n'aime pas le style victorien, mais qu'est ce que ça peut lui faire ? Je lui demande de faire quelque chose pour notre appartement, pas pour le sien ! Il veut absolument me faire découvrir un style moderne, il trouve que ça mettrait plus en valeur le salon, qui est trop vieux jeu selon lui, et pour appuyer son argument, il a ajouté que de toute façon il n'avait pas les outils qu'il fallait pour le style victorien. Il m'agace ! Il voudrait un atelier plus grand pour travailler, je ne sais quels instruments pour que cela rende sa tâche plus facile. Moi je pense qu'il veut simplement faire ce qu'il veut, et me faire payer le fait que je n'ai pas aimé les partitions qu'il m'a envoyées. Et tu sais ce qui m'énerve le plus, c'est qu'il est très calme lorsqu'il me contredit. Il me rentre dedans d'une manière douce et mesurée, et ça me fait sortir de mes gonds. Lorsqu'il est arrivé, j'ai voulu lui faire plaisir en préparant quelques biscuits et du thé. La première chose qu'il a trouvé à dire est que les gâteaux étaient trop secs. Je me décarcasse pour lui faire des gâteaux, et en une phrase, il se débrouille pour critiquer mes pâtisseries et me dire que mon thé est trop froid. J'étais hors de moi.

— Vous dites ça uniquement parce que ma lettre vous a fâchée, lui dis-je.

— Je ne vois pas le rapport. Je ne pensais pas que vous étiez aussi susceptible, la prochaine fois je ne ferai pas de commentaire sur votre cuisine.

— Vous cherchez à m'énerver ?

— Pourquoi chercherais-je à vous énerver ?

— Vous critiquez tout ce que je dis, tout ce que je fais. Vous commencez à m'agacer !

— Vous vous sentez persécutée ? dit-il sur un ton sarcastique.

Il veut absolument me faire avoir tort, et me faire passer pour une hystérique ! Moi qui voulais mettre un peu d'ordre dans toutes ces chamailleries. Notre échange a été coupé par Jean qui est rentré un peu plus tôt du travail. Lui a trouvé mon thé et mes biscuits très bons.

Jean et Aliocha ont discuté du fameux meuble et cet idiot était d'accord avec toutes les propositions de Jean qui sont les miennes ! Ne parlons plus de lui, je commence à en avoir marre de l'avoir dans la tête tous les jours.

Demain, Jean et moi allons organiser nos quelques jours de vacances, je suis très excitée. J'aimerais partir quelques jours à Trabzon en Turquie. Cette ville a l'air d'être d'un calme et d'une beauté idyllique. Nous avons trouvé cette destination il y a quelques années, en nous amusant avec un globe, dans une brocante. J'ai tourné le monde et Jean l'a arrêté. Son doigt s'est posé sur cette ville, que nous ne connaissions ni l'un ni l'autre. En rentrant à la maison, nous avons couru vers notre bibliothèque pour trouver des photos du pays. Des arbres à n'en plus finir, taillés par la nature, des ponts en pierres de taille, sur lesquels on se penche pour contempler son reflet dans le ruisseau, comme Narcisse. Que j'aime ce mythe. Il y a quelques semaines, je lisais un superbe roman, d'un auteur espagnol. Il a consacré la préface de son livre à ce personnage. Je me demande à quoi ressemblait Narcisse. Était-il aussi beau qu'Ovide l'a décrit ? Aussi beau que Le Caravage l'a imaginé ? Que j'aime la mythologie grecque maman, je trouve que c'est l'une des plus belles croyances du monde. Je me demande pourquoi aujourd'hui, les hommes n'y croient plus. Il n'y a pas si longtemps, les philosophes essayaient de comprendre l'origine du monde. Ils croyaient en l'Olympe, en ces magnifiques déesses et

Dieux. Avant, les Hommes étaient autant considérés que les animaux, leurs vies étaient aussi importantes, que celles des hommes. Ils mettaient en valeur, la nature, l'amour, l'ivresse, la sagesse, les quatre éléments du ciel et de la terre, dans le respect de tous les êtres vivants. Jamais ils n'ont cru qu'un seul Dieu était capable de créer l'équilibre des forces, et de la matière. Comme un travail d'équipe, ils avaient pensé que plusieurs Dieux étaient nécessaires. Chaque Dieu aurait un travail précis, comme nous. Cette communion était peut-être plus noble que celle d'un seul Dieu, pour diriger le monde. Ils avaient pensé au mal, sous les traits de l'ange déchu, qui faisait régner l'ordre dans les ténèbres. Il était le Dieu de l'ombre, nécessaire pour apprécier, la lumière. Aucun homme n'était jugé sur son physique ou ses préférences sexuelles. Ils pouvaient aimer d'autres hommes, les femmes d'autres femmes. Aimer un homme ou une femme n'était pas considéré comme un péché, mais comme un cadeau, le cadeau des Dieux, celui de savoir aimer. Selon eux, l'homosexualité représentait l'amour pur, car il ne dépendait pas du besoin de procréation. L'amour était plus fort que la nature. Qu'est-ce que la procréation ? Vouloir créer un être à son image. Les hommes font des enfants, pour se voir eux-mêmes, pour se savoir immortel par leurs descendants. Un enfant devient matière à leur immortalité. Le Graal, l'immortalité que cherchent les alchimistes depuis des années, c'est la procréation. Le besoin de se dire que même mort, quelqu'un me représentera sur cette terre. Alors que les animaux procréent pour la survie de l'espèce, l'homme procrée pour son égo et son immortalité. La surpopulation est due à l'égocentrisme. N'as-tu jamais vu maman, des animaux sacrifier leurs enfants lorsqu'ils se rendent compte qu'il n'y aura pas assez de nourriture pour eux, ou lorsqu'ils sont trop faibles pour vivre dans ce monde. C'est cela la loi de la nature, s'adapter à son lieu de vie. L'homme est peut-être celui qui s'adapte le mieux à son environnement. Il crée des objets qui le font respirer sous l'eau, il invente des machines pour voler, mais malheureusement l'homme est guidé par une seule quête : l'immortalité. Il est peut-être le seul animal conscient de sa vie, et de sa mort, alors que l'animal vit simplement, sans avoir peur de la fin, car il ne la connait pas. De ce fait, il n'a pas besoin d'inventer une religion pour satisfaire son besoin d'immoralité, ou combler sa peur. Peut-être que les chrétiens ont raison : L'homme est descendu sur terre pour vivre dans le péché, car il n'a pas compris que la vie, la souffrance et la mort, dure des siècles et des siècles. Je garde toujours en tête cette phrase de Marc-Aurèle :

« Es-tu donc né pour l'agrément ? Et, pour tout dire, es-tu fait pour te laisser aller ou pour agir ? Ne vois-tu donc pas les plantes, les moineaux, les fourmis, les araignées, les abeilles faire leur travail et contribuer, à leur manière, à l'ordre du monde ? Et après cela, tu refuses, toi, d'accomplir ce qui est l'œuvre de l'homme ? Tu ne te hâtes pas vers l'action conforme à ta nature ? » [1]

Si j'avais un enfant, c'est ce que je lui dirais si un jour il n'a pas envie de se réveiller le matin. C'est aussi ce que je me dis, quand je n'ai envie de rien. Mais quelle est l'action conforme à la nature ? Pourquoi l'homme est-il sur cette terre ? La différence qu'il a par rapport aux autres animaux est la pensée, et l'évolution de sa société. Est-ce que l'homme est sur terre pour s'émanciper de Dieu ? Ou pour être son seul Dieu ?

Enfin j'ai l'air de peindre une civilisation idyllique, mais les Grecques avaient aussi leurs problèmes, mais croire en l'existence d'un Dieu qui demande de sacrifier son fils, pour

---

1 Traduction de M. Frédérique Vervliet (« Pensées pour moi-même », éd. Arléa, coll. Retour aux grands textes, Paris)

lui prouver son amour. Imagines-tu le nombre de gens qui ont dû faire ça pour voir si Dieu existe vraiment ? Combien ont tué pour entendre la parole de Dieu ?

Je vais laisser là mes pensées elles deviennent trop compliquées pour moi. Je me suis toujours interrogée sur ces penseurs, historiens, qui passent leur temps à citer Kant et Hegel, mais qui ne proposent rien, et n'inventent rien non plus. Ils ont certes une grande culture, mais que proposent-ils ? Que font-ils, pour faire évoluer ce qu'ils passent leur vie à critiquer ? Ils sont dans la contemplation, plus que dans l'action. Comme un auteur qui se regarde écrire et qui prend plus de temps à chercher la tournure d'une phrase, qu'à simplifier son idée.

Seul le temps nous dira ce que le monde avait comme projet pour nous, si nous ne nous détruisons pas avant.

Je t'embrasse, Sarah

Le 27 juin 19..

Chère Madame Debussy,

Ne voulant pas vous déranger un dimanche, je dépose cette lettre sous votre porte pour que vous puissiez prendre connaissance du message que j'ai à vous faire passer.

Je passerais jeudi pour voir comment nous entendre sur votre commande. J'ai bien pris en compte vos documents et je ferai en sorte d'y répondre du mieux que je peux. Je ne vous cache pas que j'ai dû revoir mes principes pour vous satisfaire. En attendant une réponse de votre part, je vous adresse, Madame, l'expression de mes sentiments dévoués.

P-S : Si vous souhaitez me répondre, je vous prie de déposer la lettre dans la boite de l'appartement de Natasha.

Votre Aliocha

Le 27 juin 19..

Cher Aliocha,

Vous avez fait beaucoup trop d'efforts littéraires dans votre dernière lettre, ce n'était pas la peine d'en faire un roman, vous n'êtes pas Proust !

Comme vous le savez, je travaille à la librairie dans la journée, et mes horaires dépendent du travail que me donne mon employeur. Mais je ferai de mon mieux pour m'accorder à votre emploi du temps.

Votre, Sarah

Le 27 juin 19..

Chère Madame Debussy,

Je suis peut-être trop littéraire, mais vous êtes impolie.

Aliocha

Le 27 juin 19..

Très cher Voisin,

Je suis aussi impolie, que vous avez été agréable lors de notre dernier entretien.

P.-S. : Je vous prie de bien vouloir arrêter de m'appeler Madame Debussy !

Adieu

Le 27 juin 19..

Chère Madame Debussy,

Je ne peux pas vous laisser dire que j'ai été impoli. Excusez-moi de faire de mon mieux pour satisfaire vos envies victoriennes.

P.-S. : Vous ne m'avez pas répondu pour jeudi, et je trouve que Madame Debussy, vous convient très bien. Elle répond à la définition que vous vous faites du maître : ennuyeuse.

Aliocha

Le 27 juin 19..

Cher Aliocha,

Je vous ai répondu en vous écrivant que je dépendais de l'emploi du temps de mon employeur. J'ai pour habitude de finir vers dix-huit heures trente, si cela vous importe. J'espère que votre curiosité sera satisfaite.

P.-S. : Arrêtez de m'écrire si vous me trouvez ennuyeuse !

Sarah

Le 30 juin 19..

Ma chère Maman,

Je t'écris pour te parler d'une situation qui me rend perplexe. L'autre jour à la librairie, je devais demander à Vladimir de me laisser partir un peu plus tôt, pour rejoindre Aliocha et choisir le bois du guéridon. Il a choisi le cèdre, je voulais le contredire, mais il s'est avéré que son intérêt est devenu le mien. Le cèdre est utilisé depuis des décennies pour construire les bateaux, des temples et même pour embaumer les corps des Égyptiens. Il a une durée de vie de mille ans ! Nous nous sommes mis d'accord sur du cèdre de l'Atlas, qui vient d'Afrique du Nord. Nous avons parlé géographie, car Aliocha a beaucoup voyagé. Son papa était toujours en déplacement, et il a eu la chance de découvrir de magnifiques régions et de belles cultures qui lui ont permis de développer sa musique et de découvrir des matières comme le cèdre. Mais ce n'est pas pour te parler de bois que je voulais t'écrire.

Dans l'après-midi, Aliocha est venu à la librairie. Il a choisi plusieurs livres après avoir passé presque une heure dans la boutique. En allant régler ses achats, il a glissé quelques mots à l'oreille de Vladimir. Ils ont ri puis il est parti en me saluant à peine. J'ai couru vers Vladimir pour savoir ce qu'Aliocha lui avait dit.

— Il se moque un peu de vous. Apparemment, vous avez classé un livre de Goethe dans comédie, dit-il en riant.

— De quel livre parle-t-il ?

— Werther !

— Ce n'est pas possible ! Je n'ai pas pu mettre ce livre dans comédie. Il se moque de vous !

— Il se moque de vous, ma chère ! Il nous arrive à tous

de faire des erreurs, ma belle Sarah, je ne vous en veux pas. Ce n'est pas la première fois que ce jeune homme me parle de vous. Il tombe toujours sur vos petites notes que vous laissez dans les livres, jamais les miens ! Je suis sûr que vous vous entendriez, et il ne doit pas être indifférent à votre charme, d'ailleurs, lorsque vous étiez partie en vacances, c'est ce gentleman qui m'a demandé de vos nouvelles.

Mon cœur frémit au mot « gentleman ». Aliocha est tout sauf un gentleman ! Il se moque de moi avec Vladimir, avec mon ancien professeur de musique et me contredit sur tout. Jean, lui, est un homme galant. Il est toujours là pour moi. Il me dit que je suis belle, lorsque je ne vais pas bien, il est toujours positif. Aliocha n'a rien du Cary Grant que j'ai imaginé. Je n'arrive pas à croire qu'il se moque de moi avec Vladimir, et je peux t'assurer maman que je n'ai pu me tromper sur la place de ce livre, je suis sûre qu'il a fait ça pour me rabaisser. Et ce n'est pas fini ! En milieu d'après-midi, Vladimir me propose de rentrer plus tôt, et de venir tôt demain, pour l'arrivage. Je me change, met mon habit de ville pour rentrer à la maison, et qui vois-je en sortant, accoudé à un lampadaire, le chapeau devant les yeux ? Aliocha.

— Je suis obligé de m'occuper de tout, sinon vous ne faites rien, me dit-il en me tendant le bras.

— Je ne pouvais pas savoir que je terminerai plus tôt !

— Vous auriez pu demander à votre patron, comme je viens de le faire, je ne suis pas votre secrétaire !

J'enlevai ma main de son bras et m'écartai de lui. Mon geste le fit rire, ce qui m'exaspéra au encore plus.

— C'est vous qui avez demandé à mon patron à ce je

sorte plus tôt ? Pour qui vous vous prenez ? Quand allez-vous arrêter de vous moquer de moi ?

— Qui vous dit que je me moque de vous ? Je suis un gentleman mademoiselle…

— Vous n'en avez pas le soupçon.

— Le soupçon ! dit-il en m'imitant mièvrement. Vous lisez trop de roman à l'eau de rose, je déteste ça, les commérages de vieilles filles, quelle horreur !

— Oh, ce n'est pas vrai ! Vous m'en voulez maintenant pour vous avoir dit que vous étiez trop littéraire, dans ma dernière lettre, vous êtes d'une susceptibilité !

— De quelle lettre parlez-vous ?

Il s'arrêta pour me regarder, et je vis ses pupilles se dilater au rythme des miennes.

— Vous avez faim ? me demanda-t-il brusquement.

— Non.

Je n'avais qu'une envie, c'était de rentrer chez moi et de me mettre au piano, dépoussiérer ce clair de lune.

— Vous avez tort, je voulais vous emmener dans une des meilleures biscuiteries de la ville, dit-il en coiffant sa mèche de cheveux, qui était tombée sur son front.

— Allez-y tout seul. Je vous attendrai chez moi dans une heure, tâchez d'être ponctuel et de ne pas vous étouffer avec vos biscuits.

— Aucun risque, ils sont servis avec du thé, chaud !

— C'était bien la peine de me faire sortir plus tôt de mon travail.

— Avec plaisir Madame Debussy !

Je tournai les talons et rentrai à la maison d'un pas rapide. En rentrant, je me suis mise au piano et ai commencé à improviser. Je n'ai jamais été bonne en improvisation, mais ce jour-là j'avais besoin de laisser s'exprimer toute cette énergie. Les commentaires d'Aliocha résonnaient dans ma tête, je ne pouvais pas m'empêcher de penser à lui. Je ne sais pas combien de temps j'ai joué, mais il était très en retard. Au bout d'un moment, je me suis levée, pour aller faire chauffer de l'eau, et en passant devant la porte d'entrée, j'aperçus de la lumière dans le couloir. J'ouvris la porte, il était assis sur les marches, en train de manger des langues de chat.

— Vous ne savez vraiment pas jouer Debussy.

— Vous êtes en retard ! lui dis-je agacée.

— Faux. J'étais à l'heure, mais je ne voulais pas vous déranger, me répondit-il en s'avançant vers moi et en me proposant une langue de chat, que je refusai. Vous avez tort, elles sont meilleures que les vôtres.

Il entra dans mon appartement, sans que je ne l'y invite. Je fermai la porte dernière lui, lorsqu'il posa son sachet de pâtisseries sur mon piano, et régla le tabouret à sa taille. Je le regardai, béate par tant de sans gêne. Depuis qu'il était rentré, il ne m'avait pas adressé un seul mot, et avait fait comme chez lui. Il se mit à jouer et je m'installai sur le canapé, je ne savais pas quoi faire d'autre à part le regarder. C'était la première fois que je faisais attention à ses mains, elles étaient petites par rapport à sa taille. Au bout de la première mesure, il s'arrêta, et se tourna vers moi.

— Vous devriez aller faire chauffer de l'eau, au lieu de rester plantée là à me dévorer des yeux.

Je ne sais pas ce qui m'a retenu de lui fermer le capot sur les doigts. J'étais tellement vexée par sa remarque que je montai dans ma chambre en claquant la porte. J'étais excédée par son comportement, et par la façon dont il se permettait de me parler. Je lâchai mes cheveux, me démaquillai, et me mis en chemise de nuit, en pensant qu'il allait rentrer chez lui ne me voyant pas redescendre. C'est à ce moment que j'entendis la bouilloire et des bruits de vaisselle. J'allais descendre pour le mettre à la porte, lorsque le téléphone sonna. Jean m'appelait pour me dire que sa réunion prendrait plus de temps que prévu, et qu'il apporterait à manger pour ce soir. Voyant que mon invité n'était pas décidé à rentrer, je descendis. Lorsque j'arrivai au milieu des marches, il s'arrêta. Il faut dire que j'étais en robe de chambre et que je n'avais aucune envie de me rhabiller. Il avait déjà vu une femme dans sa vie, ne serait-ce que la sienne, en chemise de nuit.

— Qu'est-ce que vous avez à me regarder comme ça ?

— Je vous ai préparé du thé, puisque vous vous êtes vexée, lorsque j'ai osé vous le demander. Je ne vois pas pourquoi d'ailleurs c'était à vous de me proposer quelque chose à boire, ce sont les bonnes manières.

— Vous voulez que je remonte dans ma chambre ?

Il ne dit rien, alors je m'installai dans mon fauteuil, où m'attendaient une tasse et un biscuit. Aliocha nous versa du thé et s'installa en face de moi avec sa pochette de croquis sur les genoux. Il leva son regard sur moi, puis me dit dans un soupir agacé.

— Qu'est-ce que vous faites en robe de chambre ?

Je pris la pochette, et découvris ses croquis, et les références qu'il avait mis en détaillant la provenance et l'histoire de celles-ci. Ces dessins étaient exactement ce que j'avais en tête, les pieds de table étaient gravés aux formes de déesses et de dieux grecs, et de chaque côté étaient gravées les citations.

— C'est magnifique, mais cela doit couter une fortune ?

— Si elle vous plait, je ferai avec le budget que vous m'accordez.

Son croquis est sublime maman, je suis sûre qu'il te plairait beaucoup. Mais après l'attitude qu'il a eue, je ne voulais pas lui faire de compliment. Je décidai de ne rien dire de plus, et de prendre une gorgée du thé, il avait rajouté un peu de miel et du thym.

— Je préfère le café, lui dis-je, en posant ma tasse.

— Prenez une langue de chat.

Il me regarda, jusqu'à ce que je cède. Je levai les yeux d'exaspération, et pris une bouchée. Il était très sec, et avec de trop gros bouts d'amandes. Il rit en me voyant croquer dedans. Son biscuit était dégoûtant, il n'avait aucun goût, était beaucoup trop sucré, et faisait mal aux dents.

— Vous préférez Debussy ou ces gâteaux ?

— La comparaison n'est pas flatteuse, dis-je en buvant une gorgée de thé. Ils sont horribles vos biscuits ! Comment pouvez-vous trouver que les miens sont moins bons! À moins que ce ne soit un compliment déguisé sarcastiquement ?

Il sourit à mon commentaire, se leva et se mit à fouiller dans mes partitions. Il y avait principalement celles qu'il m'avait offertes, et celles de Natacha. Je n'avais pas joué ma musique depuis un moment. Sans m'en rendre compte, je jouais Debussy. Il ne fit pas de commentaire, et se dirigea vers la bibliothèque.

— Tous vos livres sont là ? me demanda-t-il en sortant Freud.

— Ceux que je préfère. Vous voulez que je vous donne quelques idées de citations, pour notre table ?

— Non, je choisirai moi-même, dit-il sans un regard en reposant le livre de Freud pour prendre celui de Jung.

— Vu comme nos goûts sont différents, je risque de détester ce que vous allez graver. Vous devriez me demander mon avis, vous ne pensez pas ?

Il s'approcha de moi et me dit tout bas.

— Vous vous trompez. Encore une fois.

Nous étions à présent à quelques centimètres l'un de l'autre. Je baissai les yeux pour regarder sa moustache, que j'avais à peine remarquée. Elle était noire et légèrement retroussée, il devait en prendre soin. Lorsqu'il voulut refermer le livre, je posai ma main entre les pages, par réflexe.

— Pourquoi êtes-vous toujours en train de me contrarier ?

Il leva les yeux sur moi, et ôta ma main du livre. Il avait les mains douces. Il rangea le livre de Jung, toujours sans me quitter des yeux. Mes mains qui avaient tendance à être moites étaient sèches, je sentis nos pouls, ils étaient accordés, comme un métronome.

— Parce que j'aime vous faire enrager.

Je sentis mon cœur se serrer sous le coup de la colère, et m'éloignai de lui. J'aurais voulu casser des verres, lui lancer des livres au visage, lorsque je crus entendre.

— Embrassez-moi.

— Qu'est-ce que vous avez dit ?

— Vous entendez des voix ? Vous savez que selon Freud, il peut s'agir d'une paranoïa.

— Sortez !

Je lui montrai la porte qu'il regarda en souriant, avant de partir nonchalamment de mon appartement. Avant de fermer la porte, il se retourna vers moi.

— À bientôt Madame Debussy.

Cet homme a le don de me faire sortir de mes gonds. Je ne sais pas ce qu'il veut de moi. Je déteste ce genre de jeu, je n'ai plus l'âge ni l'envie de perdre mon temps. Quelques minutes plus tard, Jean rentrait du travail avec de la nourriture thaïlandaise. Je suis toujours étonnée de trouver ce genre de nourriture en Russie, mais ce sont les avantages de vivre dans une grande ville. Nous avons profité de notre diner, avons parlé de son travail, de la librairie et d'Aliocha. J'ai dit à Jean qu'il me tapait sur les nerfs, et j'en ai profité pour lui raconter brièvement comment nous nous étions retrouvés. Il trouve ça amusant, et pense qu'Aliocha doit s'ennuyer, c'est pour ça qu'il se moque de moi. Il a peut-être raison. Nous avons parlé de notre prochain voyage, nous sommes tellement heureux d'avoir un peu de temps pour nous retrouver, et découvrir un pays que nous ne connaissions ni l'un ni l'autre. Nous sommes tous deux très impatients de sortir de Pétersbourg pour créer de nouveaux souvenirs.

Maman, toi qui t'intéresses aux pensées et aux rêves, après nous être couchés, comme j'aime le faire, je retrace ma journée, c'est une routine que j'essaie d'adopter depuis ma chute de moral. Mais hier soir, je n'arrivais pas à me concentrer. Toutes les secondes, Aliocha entrait dans ma tête, il revenait comme un boomerang. Je me souvenais de tout, de ce qu'il avait touché, des livres qu'il avait ouverts, je pouvais même relire les passages du livre qu'il a emprunté, alors que c'est impossible. Dans ces pensées il était beaucoup plus gentil, doux et charmant. J'ai mis beaucoup de temps à m'endormir ce soir-là. J'entendais résonner ses mots, que je doute avoir réellement entendu : « Embrassez-moi ». C'est insensé, pourquoi aurait-il dit ça ? Est-ce que je suis en train de tomber amoureuse ? Je veux bien concevoir que certains signes le laissent entendre, mais en aucun cas je ne pourrais tomber amoureuse d'un homme comme lui. Je ne comprends pas ce qui m'arrive, tout ceci ne me ressemble pas.

J'espère que tu pourras me conseiller. Il me tarde d'être loin de Pétersbourg, et de profiter de mon mari.

Je t'embrasse de tout mon cœur maman, et pense bien à toi.

Ta Sarah

Le 1 juillet 19..

Cher Aliocha,

Mon mari a validé les plans que vous nous avez fournis. Ne vous préoccupez pas de la somme, il vous fait entièrement confiance.

Ne cherchez pas à répondre à cette lettre, nous partons de Pétersbourg quelques jours.

Sarah.

Ma chère petite,

Je vais essayer de répondre à ton courrier, du mieux que je peux. Peut-être que cet homme est intrigué, car il pense que votre rencontre est due au destin. Tu sais, de temps en temps même les hommes les plus délicats, manquent de bons sens lorsqu'ils sont troublés. Je pense que tu te méprends sur ses intentions. Regarde la situation d'un œil détaché : tu es mariée et lui est en couple avec la fille, d'une de tes amies, de plus, ton mari lui demande de travailler pour lui. Il ne faut pas que tu te fasses de soucis. Tu as le cœur sensible et il faut que tu le protèges. Je sais que de temps en temps, on peut penser que certaines situations sont ambiguës, mais là, je ne pense pas. Tu sais, il est peut-être maladroit, car il veut te faire rire, et se rappeler le temps où vous étiez adolescent. Vous avez tous les deux eu un choc après cette rencontre si surprenante. Ce que je peux comprendre, vous retrouver après tant d'années, et voir les effets du temps sur la vie. Ce n'est pas rien, et si en plus de cela vous êtes sensibles, l'impact est décuplé. C'est tout à fait normal d'être perturbée de cette façon, surtout à la vue d'un homme qui aurait peut-être pu devenir plus d'un ami. Il y avait une certaine attirance entre vous, peut-être qu'elle est encore un peu présente aujourd'hui, mais d'une autre façon ma chérie, comme un désir non assouvi. Cela arrive très souvent tu sais, l'homme est toujours attiré par ce qu'il ne peut pas avoir, et ce genre de situation se présente toujours, au moment où il ne s'y attend pas.

Nous en revenons encore à la religion ma chérie, il s'agit peut-être d'un piège que te tend Dieu, pour tester tes principes et le chemin sur lequel il t'a mené. Tout est une question de temps, et je suis sûre que tu rencontres les bonnes personnes au bon moment. Après, bien sûr, il faut faire un choix et reconnaitre le chemin qui est bon pour toi. À l'Église on nous demande : « mais s'il y a un Dieu, pourquoi tolère-t-il toutes les atrocités ? ». La réponse que donne l'Église, est-ce qu'ils appellent : le libre arbitre. Dieu a créé le monde et l'homme à son image. Il lui a donné des règles, mais lui a toujours laissé le choix de croire ou de ne pas croire. C'est une forme de liberté qui a toujours été chère au Créateur, plus qu'au Diable. Dans les textes, le Malin te demande ton âme et ton sang. Il te prend quelque chose pour t'en offrir d'autres, mais à une fin unique : une totale dévotion. En signant avec lui, tu perds ce libre arbitre, si précieux à Dieu.

Il n'y a pas de rapport avec ta situation, mais en ce moment je n'ai pas d'autres sujets de conversation. Ton oncle est totalement focalisé sur la religion, et refuse de parler d'autre chose. C'est bien simple, tout ce qui se passe dans le monde, même le fait que son crinodendron n'ait pas poussé, il le voit comme une épreuve de Dieu. Et voilà que c'est moi maintenant qui suis en train de te bassiner avec le libre arbitre ! Il est en train de me bourrer le crâne ce type ! Ça me fait penser aux témoins de Jéhovah qui venaient frapper à notre porte quand j'étais petite : « Moi je n'ai qu'une religion ! » disait ma maman, alors le témoin partait, et ne revenait plus avant l'année prochaine. J'ai presque l'impression d'être dans une secte. Tous les jours je me lève, et je me couche avec la parole de Jésus. Je n'en peux plus, il est sur le point de me faire devenir athée, cet imbécile ! Les deux adolescents eux, font ce que leur institutrice leur demande, sans broncher. Si tu voyais comme ils ont changé. Ils ont perdu leur innocence en même temps que leur maman. Moi qui rêvais de les voir calmes et disciplinés, aujourd'hui cette situation me brise le cœur, je ne souhaitais pas que ça se passe de cette manière. Les voir courir derrière moi, en imaginant la prochaine bêtise qu'ils pourraient me faire, me manque presque. J'ai décidé de rester encore quelques jours avec Albert pour être sur qu'il ne se fasse pas embobiner par une bonne femme ou un curé qui irait lui soutirer de l'argent. Il ne manquerait plus qu'ils ne leur reste rien à cause d'une crise de deuil passagère. Il exagère ! Moi aussi j'ai été très triste après la mort de ton papa, mais je suis restée digne et n'ai pas oublié mes principes. Ce qui ne veut pas dire que je n'étais pas triste, et que je ne souffrais pas. Il est fort probable que cette crise dure encore un moment, mais il ne faut pas qu'elle détruise tout ce que Rose a créé. En parlant de ta tante, la messe hommage était très réussie. Le curé a fait une belle cérémonie, il y avait beaucoup de monde, notamment les invités qui étaient venus à sa dernière soirée. C'est le souvenir que je veux garder d'elle. Il faut se souvenir des bons moments, et ne pas avoir de regrets. Le temps fait beaucoup ma chère petite, il nous faut évoluer, jamais régresser, le temps est dans l'évolution, pas dans la rétraction, sinon nous foncerions tout droit dans un trou noir.

Je ne sais pas comment tu vois les choses de ton côté ? Selon l'âge on ne voit pas les choses de la même façon. Le temps est le meilleur remède ma petite. De mon côté je vais attendre que ton oncle se calme, et essayer de lui faire retrouver un semblant de raison, de ton côté, ces petites vacances en Turquie vous feront le plus grand bien, j'ai hâte pour vous.

Profitez de vos vacances. Il serait peut-être temps de penser à faire un enfant ? Que je serai heureuse d'être grand-mère ! Et je suis sûre que Jean serait ravi, d'avoir un petit bout de chou à s'occuper. Il ferait un excellent père.

Je te laisse profiter de tes vacances ma petite.

Je t'embrasse,

Maman

Cher Journal,

Ce n'est pas la première fois que j'écris pour vider ma tête de mes rêveries. Mais il s'agit peut-être de mon premier journal de voyage. J'espère qu'il pourra libérer mon cœur de toutes les indécisions, les sentiments d'orgueil et de culpabilité qui fissurent ma santé. Elles me frappent l'esprit à un rythme incontrôlable. Ce qui se passe dans ma tête est tellement fort que cette énergie me fait douter des sentiments qui me sont les plus chers. Une pétale de fleur posée sur le rebord d'une rambarde en bois, un matin d'été m'émeut, un soir de pleine Lune me fait sortir de mon corps, comme la marée emportée au large par la Lune. Je ne sais pas gérer ces émotions ni les définir. Je m'efforce à penser qu'il ne s'agit pas d'une maladie appelée folie, que ce que je ressens est propre à tous les êtres humains, mais plus j'avance plus je me rends compte de mon extrême solitude. Je n'ose parler à mon époux des complexes de mon existence, de peur de ne pas lui laisser d'autre choix que de me placer en maison de repos. Suis-je malade ou humaine ? Qui peut comprendre que jour après jour, j'aime la vie en ayant le désir puissant de la quitter. Qui peut comprendre que depuis mon enfance, je sois troublée par l'immensité de l'enfer, par la puissance du noir et des ténèbres, mais que mon cœur reste pur. Je suis partagée entre ces deux extrêmes. Je veux défier le Diable et connaitre ses secrets. Mon âme se reconnaît dans chaque ligne du testament de Faust, l'homme qui a vendu son âme pour connaitre la vérité, sur l'origine du monde.

« Pourquoi diable, nous sommes là ? »

Est-ce que le Diable ne pas serait la réponse que les

hommes attendent ? Est-ce qu'il ne donnerait pas plus de puissance et de la sagesse aux Hommes, que Dieu ?

Freud s'amuserait à déceler les tourments de mon enfance, si mon histoire l'intéressait. Mais le mal n'entre pas lorsque la difficulté lui ouvre les portes, il peut entrer dans le bonheur, car c'est là qu'est la faille : c'est la peur de perdre une personne aimée qui fait Orphée se retourner, pas la difficulté de traverser les enfers.

Adieu cher Journal

Ma chère Maman,

Nous sommes bien arrivés ! La petite maison dans laquelle nous sommes installés est magnifique, nous avons une vue sublime sur la vallée. Le paysage est à perte de vue, il regorge d'arbres, de sources et d'animaux sauvages. Cela ressemble un peu à la Bavière. Les cerfs en liberté s'abreuvent au bord des ruisseaux, les oiseaux viennent chanter autour de la maison. Que la montage est belle et paisible maman, que je me sens protégée et forte au milieu de ces plantes immortelles. À combien de tempêtes, d'ouragans, de guerres ont-elles survécu. C'est en regardant la nature que je suis sûre qu'il y a quelque chose de plus fort, et de plus puissant que l'Homme. Qui a crée cette beauté et pourquoi ? Pourquoi avons-nous le droit de vivre au milieu de cette force. L'avons-nous mérité ? Je suis heureuse d'avoir mes yeux pour voir, mes oreilles pour entendre le chant des oiseaux, mon odorat pour sentir la fraicheur des arbres, le toucher pour frôler l'écorce d'un arbre qui a senti la peau d'autres civilisations, heureuse d'avoir des jambes pour arpenter les montagnes, et un cœur pour ressentir la beauté et l'amour. Je crois que je ne me suis jamais sentie aussi vivante. Depuis que nous sommes arrivés, je tiens un journal de vacances, j'ai décidé d'écrire le matin en me réveillant. C'est une sorte de méditation, et je voudrais garder en mémoire ce séjour le plus longtemps possible. Peut-être que lorsque je serai plus vieille, je relirai ces mots et me souviendrai de ces sensations. Jean est très heureux d'être là, peut-être plus heureux que moi, si cela est possible. Il se repose, cuisine, va au marché et nous ramène des produits frais, que les habitants vendent ou troquent. L'autre jour, Jean est revenu avec une grande cagette de fraises, qu'il a troquée contre du bois qu'il avait coupé la veille. Je ne pensais pas trouver la paix aussi rapidement. C'est exactement comme ça que je m'imagine terminer ma vie, dans une maison isolée au pied d'une vallée, entourée de forêt et d'animaux sauvages, avec seulement une voiture qui me permettrait de me déplacer, pour voir le pays. Je ferai construire une grande bibliothèque, une cheminée pour l'hiver, avec le bois que Jean aura coupé, je l'entasserai à l'extérieur et le laisserai sécher devant ma cheminée, je mettrai des fauteuils anglais que je recouvrirai de blanquettes écossaises, une table en cèdre avec un jeu d'échecs sera au milieu du salon, et nous y jouerons le soir, avec une bonne tasse de thé. Jean aura un coin à lui, et moi mon cocon pour méditer, lire, et écrire les différentes vies que j'aurais pu avoir. « Il vaut mieux rêver sa vie que la vivre, encore que la vivre ne soit la rêver. » comme dit Proust. C'est la seule phrase que j'aime de lui. J'aimerais tellement avoir des enfants avec Jean. Nous resterions à Pétersbourg pour leur éducation, voyagerions entre Paris et la Russie, nous partirions en voyage à la mer, et à la montagne. Jean leur préparerait à manger, et moi je leur lirais tout ce que j'aurais sous la main sans me soucier de leur âge. Je les traiterais comme des adultes pour qu'ils comprennent qu'ils sont respectés et qu'il n'y a pas d'âge pour découvrir les plus grands chefs-d'œuvre de l'histoire. J'ai toujours trouvé que se contenter de lire des histoires simples aux enfants était leur manquer de respect. Je suis sûre que même lorsque nous n'avons pas tous les outils, un enfant peut apprécier la mélodie des mots de Prévert, Twain ou Dickens. Je souhaite qu'ils lisent tout, dès leur plus jeune âge, pour qu'ils soient curieux de tout, qu'ils ne lisent pas seulement pour se distraire, mais pour apprendre, pour voyager dans l'immensité de l'imagination et la création de mondes abominablement merveilleux et magiques. C'est lorsqu'on connait un maximum de chose que nous pouvons nous faire un avis, et ne pas tomber dans le fascisme. C'est en lisant, et en voyant différentes choses que nous comprenons le monde et les gens qui y vivent. C'est en voyageant que nous apprenons la tolérance, les cultures et les différentes façons de penser. C'est en regardant avec notre cœur une fleur ou un animal que nous comprenons que la vie n'est pas seulement sujette aux êtres humains, et que chaque vie doit-être traité avec respect. C'est en regardant humblement les yeux d'un cerf que nous baissons la tête devant le roi de la forêt. C'est en traversant une rivière que nous nous rendons compte de notre faiblesse face aux courants, c'est en regardant le ciel, en entendant le chant des oiseaux, que nous prenons conscience que l'éternité est dans l'air que nous respirons. C'est en méditant sur notre place dans le monde, en ouvrant notre cœur, que nous pourrons nous rendre compte que notre âme est immortelle, qu'elle fait partie de l'énergie, qu'elle appartient à la Terre, pour ne faire qu'un avec la nature. C'est en ayant conscience de la vie que nous nous rendrons compte que nous sommes immortels.

Que je suis heureuse ici, je voudrais y rester toute ma vie. C'est surement l'excitation du moment qui parle. Malgré mon amour pour la montagne, j'aime aussi la vie et l'énergie de la ville. J'aimerais tellement voyager dans le temps, et avoir plusieurs vies. Est-ce possible ? Il faut que je garde quelque une de mes pensées pour mon journal, sinon je n'aurai plus rien à lui dire. Ma chère maman, j'espère que je t'annoncerai une heureuse nouvelle bientôt.

Je t'embrasse de tout mon cœur,

Ta fille chérie.

Cher Journal,

J'ai menti à maman. Je ne vais pas bien. Ma pensée divague, et me tourmente de jour en jour. Je suis venue ici, dans l'idée de me détendre, de profiter de mon mari et de l'amour qui nous unit. J'aime Jean, je l'aime du plus profond de mon cœur, jamais un homme n'a été aussi amoureux de moi. Comme le dit maman, il serait un père parfait, aussi parfait qu'il est mon mari. J'ai peur, et honte de te livrer mes pensées, si celles-ci reflètent ce qu'il se passe dans mon cœur.

Je ne pense qu'à Aliocha. Tous les jours, toutes les nuits, je vois son visage se dessiner lorsque je regarde le ciel, un arbre me rappelle sa force, une branche habillée de quelques feuilles me rappelle ses mains sur mon piano. À chaque fois que je ferme les yeux, je vois les siens briller. Je ne peux ouvrir un livre sans me demander s'il l'a lu ou sans entendre sa voix lire les mots de l'auteur. Je ne peux écouter de la musique, sans imaginer les débats que nous pourrions avoir. Je l'imagine poser son chapeau, et s'assoir en face de moi, allumant une cigarette, et me demandant une tasse de thé. J'ai besoin de parler de lui, de dire son nom, d'écrire son nom, et de me remémorer inlassablement la dernière fois où nous nous sommes vus. Dans ma tête résonnent les mots que j'ai cru entendre. J'ai l'impression de perdre la tête. Comment puis-je penser à un autre homme que mon mari, alors que je suis avec lui dans un autre pays, dans cet endroit idyllique ? Est-ce de l'amour que je ressens pour Aliocha ? Ou une folie passagère ? Je ne sais pas combien de temps cette situation va durer, mais je ne la laisserai pas me hanter.

J'aime Jean, je veux passer ma vie avec lui. Mais si tout se passe bien, pourquoi ai-je cœur pour un autre ? Pourquoi son prénom résonne dans ma tête comme si je ne connaissais plus qu'un mot, un seul mot : Aliocha.

Et lui, pense-t-il un peu à moi…

Adieu cher Journal.

Ma chère petite fille,

Je te remercie pour ta jolie carte, elle est magnifique. Quelle chance tu as de te retrouver dans un bel endroit comme ça. Vous vivez une deuxième Lune de miel ! J'ai pris beaucoup de plaisir à lire ta dernière lettre, ainsi que la description que tu as faite de tes sentiments. Je me suis permise, comme elle ne détenait rien de personnel, d'en lire quelques passages à Albert. Il était impressionné, il ne se doutait pas que tu puisses écrire avec une telle sensibilité. Ta lettre lui a fait penser aux écrits de François d'Assise, lorsqu'il venait de s'exiler.

De notre côté, les choses se décantent petit à petit. Albert s'ouvre de plus en plus au dialogue, et commence à comprendre que l'avenir de ses enfants ne peut se résumer qu'à Dieu, sauf si ceux-ci le souhaitent. Je lui ai fait comprendre, que sa décision de s'épanouir dans la religion était noble, mais qu'elle lui était personnelle, qu'en aucun cas il n'avait le droit d'influencer sa progéniture. Dieu ne nous a-t-il pas donné le libre arbitre ?

— Te sens-tu plus fort que Dieu, pour dicter à tes enfants les choix qu'ils doivent faire ? lui ai-je demandé.

J'avoue que cette réplique a fait de l'effet. Un point positif à la radicalisation d'Albert est qu'il écoute beaucoup plus et parle beaucoup moins. Il lui arrive de ne pas parler toute une journée, mais le lendemain, il aborde les sujets de conversation manqués de la veille et ces remarques sont toujours pertinentes. Il m'a écouté sur le sujet des enfants, et veut la meilleure éducation pour eux, avec une éducation religieuse, mais dans le but de les ouvrir à la théologie. Ils termineront les cours et choisiront eux-mêmes, s'ils décident de poursuivre leurs études dans ce domaine ou non.

Je suis étrangement surprise qu'ils soient autant intéressés par la religion. Ils vont à la messe, autant que leur père, ce qui le rend très fier. Mais moi je commence à en avoir assez ! Autant j'aime y aller pour me recueillir. Une église doit être un lieu de paix, non de souffrance, quoique cette dernière est ambiguë, si on regarde le supplice de Jésus. Bref, Albert m'invite à l'accompagner tous les jours, et je ne me sens pas le courage de refuser. Nous nous levons le matin vers sept heures, prenons un thé sur le pouce, et marchons jusqu'à l'église. Nous assistons à la messe de huit heures. Jusque là, tout va bien, mais si tu savais, le nombre de personnes que connait Albert et il faut toutes les saluer. Chaque curé et chaque fidèle voient la poule aux œufs d'or arriver, lorsqu'il entre dans l'église. Ils viennent présenter leurs condoléances, proposer leurs services, une femme s'est même proposé de venir lui apporter à manger tous les jours de la semaine, pour lui et les enfants. Je ne sais pas ce qu'Albert leur a donné, mais ils sont beaucoup trop reconnaissants. Si tu les voyais tous, à pleurer sur son sort, je suis sûre qu'il aime ça ! Et je peux t'assurer que moins de dix pour cent des gens qui vont à la messe ont lu la Bible !

J'allais oublié de te raconter, Jean a encore demandé au curé, une messe en l'honneur de Rose, cette fois j'étais très en colère. Le vendredi matin, je me lève avec un léger rhume, et décide de passer la journée dans la maison, pour me reposer. J'avais même demandé aux enfants d'aller me chercher à la bibliothèque quelques livres, pour que je ne sorte pas. Je me suis installée dans un fauteuil, emmitouflée dans un plaid. Je sais que nous sommes en juillet et que ce n'est pas la saison pour tomber malade, mais je tombe toujours malade, et mon système immunitaire se fiche de savoir quel mois nous sommes. Tu te souviens, lorsque nous étions partis en vacances dans le Pays basque, pour rendre visite à des amis quelques semaines. Le sud-ouest de la France est vicieux, il faut toujours prévoir des habits chauds, tu ne sais jamais le temps qu'il va faire. À la minute où nous avons posé le pied dans la maison de nos amis, j'ai pris froid, j'ai dû porter une écharpe, et appeler le médecin. Résultat, sur toutes les photos du séjour, j'ai une écharpe, alors que tout le monde est en maillot de corps.

Revenons à mon histoire, alors, je décide de rester dans ma chambre, lorsque Albert se met à sonner. Il s'est acheté une sonnette pour prévenir que le diner est prêt, sans avoir à parler. Sachant qu'il allait continuer de sonner tant que je ne serais pas descendue, je me décide à sortir de ma chambre, pour l'informer de ma condition. Je descends, emmitouflée pour lui faire comprendre que ce n'est pas la peine de me déranger aujourd'hui.

— Ma chère Sophia, je viens d'avoir le Père Cuchard au téléphone, il accepte de faire une messe pour Rose ce soir à vingt heures, lors d'un grand concert à l'orgue.

Je m'apprêtais à refuser poliment, lorsqu'il tomba brutalement sur une chaise, la main sur le cœur. Je lâchai ma couverture et me précipita vers lui.

— Je vais bien, je vais bien, j'ai eu une sorte de vertige, c'est normal, je jeûne…

— Depuis quand ? lui demandais-je.

Je commençais à voir le jaune dans ses yeux, les veines de son visage ressortir, et remarquai son haleine forte.

— Trente jours.

J'ai dû pousser un cri, car il a sursauté, et lâché ma main.

— Pourquoi Diable jeûnez-vous depuis trente jours ?

Est-ce que vous êtes devenu fou ?

Il leva son doigt lentement, et le pointa sur la statue du Christ accroché au-dessus de la porte de la cuisine.

— Mais nous sommes en juillet Albert ! répondis-je éberluée.

— Il n'y a pas de saisons pour croire en Jésus et pour suivre ses préceptes, dit-il, la main sur le cœur. Cet idiot était en train de faire le carême en plein mois de juillet !

— Mais enfin Albert, vous ne croyez pas que Jésus avait une raison pour mettre le carême au mois de mai ! Et vous comptez jeûner pendant quarante jours ? Je n'arrive pas à y croire ! Il faut que vous mangiez quelque chose, un peu de soupe. Je vais demander aux garçons d'aller chercher des légumes.

C'est à ce moment qu'il se leva et qu'il donna toute la force qui lui restait dans un « non » ferme. J'ai cru revoir l'homme que j'avais eu le plaisir d'oublier. Et il ajouta très sérieusement.

— J'ai envie de jeûner, j'ai envie de partager ce moment avec le Christ. J'ai envie de lui prouver que je suis digne de la foi qu'il a mise en moi, de l'amour qu'il a pour moi. Je suis jeune, en bonne santé, mon corps peut tenir le jeûne, tout comme Jésus martyr l'a tenu pour son peuple. Je veux que mes enfants soient fiers…

— Mais enfin personne n'était au courant, comment pouvions-nous être fier Albert !

— Là, n'est pas la question ! La foi ne se prouve pas, elle se communique, Sophia. Je pensais qu'avec un prénom pareil, vous auriez un minimum de sagesse.

— Je vous demande de vous arrêter Albert. Vous n'êtes

plus en possession de vos moyens, et si vous voulez continuer votre jeûne, il faut que vous économisiez vos forces.

— Vous êtes bonne.

— Et vous, vous êtes fou.

C'est à ce moment que les enfants arrivèrent dans le salon avec mes livres. Il les posèrent sur la table, devant leur père, qui ne put s'empêcher de lire les titres que j'avais choisis.

— Voulez-vous venir avec moi ce soir, pour la messe de Rose ? me dit-il dans un dernier souffle.

Les enfants me regardèrent avec des yeux de chiens battus. Je ne sais pas comment un « oui » est sorti de ma bouche. Albert me remercia, et me demanda d'être prête pour dix-neuf heures, car il voulait parler au curé avant la cérémonie.

Ma petite chérie, si tu savais comme je n'avais pas envie d'aller à cette messe. Je ne sais pas comment j'ai fait. J'avais du mal à avaler, mon nez coulait, je sentais mon corps s'endolorir. J'étais dans un état lamentable. Je suis descendue vers dix-huit heures pour annoncer à Jean mon état miséreux, mais lui était tellement affaibli par son jeûne qu'il ne vit rien d'anormal. Je lui fis comprendre que je n'avais pas la tête à sortir, il insista, prétextant qu'il ne pouvait pas y aller sans moi, qu'il était trop faible, et qu'il n'aurait pas le courage de saluer tout le monde. Encore une fois, la pitié et la fatigue ont eu raison de moi. Je pris mon courage à deux mains, et m'habilla d'une simple robe accompagnée d'un grand châle. Je ne pouvais pas mettre un manteau, on m'aurait pris pour une folle. Tu imagines moi, en manteau par vingt-cinq degrés, et Albert qui fait son carême au mois de juillet ! Arrivé à l'église, ton oncle a pris le temps de dire bonjour à tout le monde. Les gens me demandaient pourquoi il avait le visage blafard. Je suis sûre qu'on a dû penser que c'était moi qui le mettais dans cet état. Après trente minutes de salutations, nous avons enfin pu nous assoir. Père Cochard a annoncé la messe à l'heure, et c'est à ce moment-là qu'une bande de boy-scouts entra en file indienne. Chacun fit la révérence devant l'autel, avant de partir s'assoir dans les rangs. Chaque minute de cette messe était terrible, elle ne finissait pas, en plus de cela mon rhume me faisait somnoler, et je devais lutter pour garder les yeux ouverts. Je me penchai vers Albert et lui murmura que l'hommage à Rose commençait à tarder, il ne me répondit pas. À côté de moi était assise une vieille dame qui toussait comme si c'était les dernières heures de sa vie. J'essayais de me cacher le visage, mais tu penses, les microbes voyagent partout, surtout qu'elle ne mettait pas la main devant la bouche. Les gens sont mal élevés, c'est incroyable ! Ça me rend folle ! Tu t'imagines le tableau, Albert qui ne me répond pas, la femme à côté qui tousse à la mort, les boy-scouts qui priaient Jésus en chantant faux et trop fort et moi emmitouflée dans mon écharpe. Je n'attendais qu'une seule chose : la prière pour Tante Rose, pour que je puisse retrouver mon lit. La cérémonie toucha enfin à sa fin, le curé appela les boy-scouts et leur donna l'hostie, ils étaient trente. Ils chantèrent une chanson, le curé remercia tout le monde d'être venu et toujours aucun mot sur tante Rose. Ils commencèrent à faire la quête, et le curé ouvra la marche pour clôturer la messe. Je regardais Albert, qui tout sourire sortait de sa poche un gros billet pour le déposer dans le panier. Je voulais l'arrêter et lui demander si le curé n'avait pas oublié de prier pour Rose, puis je compris qu'il n'avait jamais été question d'une messe pour Rose. J'étais folle de rage, il s'était moqué de moi, et m'avait trainé à l'église pour ne pas être seul ! Je sortis de l'église, mon châle autour de la bouche. C'était trop, il était hors de question que je l'attende comme une idiote. Seule chez Albert, j'en profitai pour aller dans le grenier, voir ce qu'il restait des affaires de Rose. La dernière fois, il y avait encore quelques livres, et des notes de famille. Je suis tombée sur des cahiers de voyages, des photographies avec le nom de tes grands-parents. Je trouve ça formidable de laisser en vie les souvenirs, rien qu'une photo peut nous donner l'illusion que les gens que nous avons aimés sont encore avec nous, au moins pour une génération encore, avant de terminer avec les cendres du monde.

Ma chère petite, je vais terminer ici ma lettre, et te laisser profiter de tes vacances. Embrasse Jean.

Ta maman.

Cher Journal,

Je n'arrive pas à me concentrer sur mon voyage et sur le programme que Jean et moi avons prévu. Je ne pense qu'à Aliocha. Ce matin encore, nous sommes allés nous promener en haut d'une petite montage, la journée promettait d'être belle, le ciel était dégagé, l'air était pur, lorsque la pensée d'Aliocha vint bafouer ce précieux moment. Mon cœur se serra, et je me sentais mal, si mal que j'ai dû m'assoir pour méditer quelques instants. Assise sur mon rocher je pensais à lui. Aimait-il vraiment Pouchka ? Est-ce que le destin ne nous avait-il pas réunis pour que nous puissions être ensemble, était-ce un signe ? Toutes ces pensées envahissent mon cœur, et je ne peux empêcher ce torrent, malgré toute la volonté du monde. Il me vole des instants précieux de ma vie. Comment les stoïciens peuvent dire que notre pensée dépend de nous ? C'est faux ! Je l'ai cru jusqu'à aujourd'hui, mais j'ai la preuve ici qu'elle ne dépend pas de nous. Ma pensée ne dépend plus de moi depuis des jours, elle est totalement accaparée par cet homme, que je connais à peine. Il est entré dans mon cœur sans que je m'en aperçoive, et me vole mes souvenirs. Cela voudrait dire qu'une seule chose dépend de nous : nos actes ? Peut-être que le choix de mes actes est la seule chose qui peut me sauver. Il faut que je cesse tout contact avec Aliocha, que je lui parle le moins possible, que je ne lui écrive plus. Je ne dois plus lui écrire. J'espère que cette table sera terminée au plus vite, pour que ma vie puisse reprendre son cours. Et pourtant… Je ne me sens plus seule maintenant qu'il partage ma pensée. Mon cœur bat, je le sens résonner et lui donner l'énergie nécessaire pour vivre. Je vois le soleil alors que la pluie enivre les arbres… tous les livres que je lis ont un rapport avec lui, sans que je le souhaite vraiment. C'est donc ça l'amour ?

Je me souviens de cette question que la reine Victoria posa à sa gouvernante : « Comment sait-on lorsqu'on est amoureuse ? » elle lui répondit : « C'est quand on sait qu'on ne peut pas vivre sans l'autre ».

J'ai besoin de savoir ce que je ressens pour Aliocha, mais ces dix jours ne suffiront pas pour le faire sortir de mes pensées.

Lettre suivie, Provenance Pétersbourg.
Le 31 juin 19..

Chère Madame Debussy,

Vous ne croyez pas que la distance m'empêchera de vous écrire, ou de vous retrouver. Il suffit que j'écrive « faire suivre » sur mon courrier, pour que vous le receviez, même si vous êtes à dix mille kilomètres de moi.

Vos sautes d'humeur me manqueraient presque.

Je vous embrasse,

Aliocha

Lettre suivie, Provenance Pétersbourg.
Le 6 juillet 19..

Chère Madame Debussy,

Vous êtes en colère contre moi.

Aliocha

Le 12 juillet 19..

Ma chère Maman,

Excuse-moi de ne pas t'avoir répondu plus tôt. Nous sommes rentrés il y a quelques jours et j'avais besoin de reprendre quelques jours de vie à Pétersbourg, avant de te répondre. Nous avons la tête pleine de souvenirs. Que ce voyage nous a fait du bien. Vladimir m'a demandé de gérer la boutique cette semaine, je vais avoir beaucoup de travail. Jean doit partir quelques jours à Moscou pour gérer une affaire importante, avant les élections allemandes. Je suis heureuse de pouvoir travailler lorsqu'il ne sera pas là, je n'aime pas être seule trop longtemps, sinon je pense à de mauvaises choses. Comment va ta santé ? J'espère que tu t'es remise de ton rhume ? Tu devrais en parler au docteur, ce n'est pas normal que tu tombes malade sans cesse, il faut que tu reposes, ces derniers mois ont été très éprouvants. Albert, sa chapelle et les enfants peuvent se débrouiller seuls à présent. Je ne veux pas qu'il t'arrive quelque chose, qu'est-ce que je deviendrais sans toi ?

Je t'embrasse, ma chère maman

Sarah

Le 12 juillet 19..

Chère Madame Debussy,

Sans nouvelle de votre part, je vais commencer à travailler sur notre projet. Natasha est partie rejoindre Pouchka quelques jours à Paris, je serai au calme pour travailler. Si vous voulez changer quelque chose à ce dont nous avons convenu, je vous prie de prendre le temps de me répondre.

Votre Aliocha

Le 12 juillet 19..

Cher Aliocha,

J'ai beaucoup de travail cette semaine et je doute d'avoir le temps de vous voir. Considérez que la confiance que vous a donnée mon mari valide votre devis et vos plans.

Sarah

Le 13 juillet 19..

Ma chère petite,

Mon Dieu il s'est passé tellement de choses que je ne sais pas par où commencer. Mon rhume s'est difficilement soigné, j'ai demandé au médecin de Rose de venir me voir. Il pense que mes bronches sont sensibles et que je peux être sujette à des allergies. Il n'y a pas grand-chose à faire seulement que je fasse attention à bien me couvrir et manger un nombre suffisant de légumes, pour booster mes anticorps. Moi qui n'aime déjà pas les légumes.

Le docteur est venu au Manoir, Albert ne pensait pas le revoir il faisait une de ces têtes. Depuis la messe des boy-scouts, il ne parle qu'un jour sur deux pour ne pas se fatiguer et m'en veut de l'avoir laissé tout seul à la fin de la cérémonie. J'ai demandé aux enfants de faire monter le docteur dans ma chambre pour m'ausculter. À la fin de la consultation, je lui propose un thé et des biscuits, c'est alors qu'il s'est mis à pleurer à chaude larme. On ne pouvait plus l'arrêter. Tu te rends compte ? Un docteur qui pleure dans tes escaliers ! Nous avons bu du thé, ça l'a calmé et il s'est confié à moi. Il était tellement ému le pauvre homme. Tu sais, les docteurs ne sont jamais considérés comme des êtres humains. C'est injuste. Ces hommes donnent leur vie pour sauver des patients et nous, égoïstement, nous ne pensons qu'à leur poser des questions sur nous, et jamais sur eux. Il m'a avoué que les changements qu'Albert a apportés à la maison lui ont fait beaucoup de peine, il ne s'attendait pas à ça. Il ne reconnaissait plus la maison, et ne ressentait plus la présence de Rose. Il m'a demandé, où étaient ses affaires. Nous avons parlé rapidement de la condition d'Albert, il pense aussi qu'il s'agit d'une passade, et qu'il finira par retrouver un équilibre. Albert a toujours aimé faire les choses atypiques, et sans demi-mesure, c'est Rose qui apportait la balance et la stabilité dans le couple. Je m'éloigne de ce que je veux te dire. Nous sommes donc allés nous promener dans le jardin, car il voulait voir si la rumeur de la chapelle était fondée. Apparemment, on ne parle que de cette histoire, dans tout le village, et tiens toi bien, on dit que c'est moi qui en ai eu l'idée. J'aurai mieux fait de prier chez moi, si j'avais su qu'un jour on me reprocherait d'aller à l'église ! Plus on parlait, et plus je sentais qu'il avait envie de parler de Rose. Il prononçait son nom tous les trois mètres. Ma petite, tu vas être surprise, lui et tante Rose vivaient une double vie, depuis dix-sept ans. Tu as bien lu ! Il m'a tout raconté du début de leur relation à la fin de celle-ci, si brutale. Mon Dieu je m'en veux de ne pas l'avoir appelé plus tôt, il devait être tellement malheureux, il aimait Rose, et elle l'aimait profondément.

Ils se sont rencontrés à Paris chez un fleuriste. Rose allait chercher un bouquet pour ta grand-mère et lui, des fleurs pour un rendez-vous galant. Ils étaient tous les deux en train de chercher leur bouquet, lorsque Paul demanda à Rose :

— Excusez-moi, si nous avions un rendez-vous amoureux vous trouveriez ces fleurs jolies ? Rose se mit à rire.

— Pourquoi riez-vous ?

— Excusez-moi, je pensais que vous plaisantiez. Pour un premier rendez-vous, je pense que ce genre de fleurs ne seraient pas très joyeuses, répondit-elle poliment.

— Elles ressemblent à des soleils. Il y a beaucoup de petites fleurs jaunes qui se débattent pour nous regarder. Moi je trouve cela très joyeux. Un peu gros certes, mais je veux faire impression.

— Oh, vous allez faire impression c'est sûr !

— Est-ce que votre commentaire est sarcastique ?

— Monsieur, les fleurs que vous êtes sur le point de choisir pour votre fiancée…

— Amie. Je ne l'ai jamais rencontrée, c'est un premier rendez-vous dit-il, rouge de timidité.

— Sont des fleurs que les gens mettent sur les tombes pour La Toussaint, dit Rose avec un sourire doux.

Le visage de Paul devint rouge, Tante Rose se mit à rire, et l'aida à choisir un autre bouquet. Paul lui donna sa carte de médecin, si jamais elle avait besoin de quoi que ce soit. Le seul problème est qu'elle habitait Paris et lui, dans une banlieue chic. Ils sont restés très proches, et Rose a décidé d'acheter le manoir que nous connaissons, situé à quelques minutes du cabinet de travail de Paul. Voilà pourquoi elle passait toutes les fêtes là-bas, et qu'elle n'incitait pas pour qu'Albert et les enfants la rejoignent. Dix-sept ans, tu te rends compte ! Si ton père savait ça. Il a toujours pensé que sa sœur était blanche comme neige, un peu coincée, et pas du tout douée en amour. Voilà pourquoi elle était d'un calme, et d'une patience incroyable avec Albert et toutes ces lubies, elle avait son petit jardin secret. Après notre promenade, Paul me montra toutes les fleurs qu'ils avaient plantées ensemble. Chaque fois qu'ils voyageaient ensemble ils rapportaient des graines du pays qu'ils faisaient pousser dans le jardin pour penser à leur amour et le voir grandir, ils seraient éternels. Quel romantisme ! Il m'a demandé de faire en sorte que la chapelle ne détruise pas ce jardin qui lui tient tant à cœur. En le raccompagnant, nous sommes tombés sur Albert, qui à nouveau regarda Paul avec des yeux méchants, je comprends pourquoi à présent. Paul s'en alla, je lui promis de faire mon possible pour garder le jardin, et empêcher la construction de cette chapelle abominable !

Oh ma chérie. Je commence à en avoir marre, je suis dans

une maison de fous ! Il se passe quelque chose de nouveau tous les jours, et j'apprends beaucoup trop de choses pour une seule vie. Je ne sais pas dans quel état je vais rentrer. Je suis contente que tu puisses reprendre le travail, je suis sûre que tu as beaucoup manqué à Vladimir. Que je serais contente de te revoir ma petite fille ! Comment les choses avancent avec la table d'Aliocha ?

Je t'embrasse, donne moi de tes nouvelles.

Maman

Le 13 juillet 19..

Chère Madame Debussy,

J'ai besoin de vous voir.

Aliocha

Le 13 juillet 19..

Ma chère Maman,

Je n'arrive pas à croire ce que tu m'as écrit, jamais je n'aurais imaginé Tante Rose avoir une double vie. J'espère que tu ne me caches de rien de ton côté, que je risque d'apprendre plus tard !

Ma petite maman, j'espère que tu te soignes bien, et que la santé d'Albert s'améliore. Ne t'inquiète pas pour son jeûne, c'est très bon pour la santé et ça lui fera du bien au corps et à l'esprit. Dès qu'il aura terminé, n'oublie pas de me le dire pour que je puisse prévoir mes billets pour venir te voir. J'ai vraiment besoin de discuter avec toi. Je n'arrive plus à voir clair et j'ai besoin d'un point de vue extérieur. J'ai bien essayé d'écrire, mais à chaque fois, j'ai honte de ce que je ressens, et peur que quelqu'un me lise. J'ai voulu bruler mon carnet de voyage, mais je n'en ai pas eu le courage. Les pensées que j'ai écrites sont des souvenirs, et je ne pouvais pas les détruire. J'ai toujours aimé l'idée que Freud et Jung tenaient des journaux où ils écrivaient leurs rêves. L'inconscient est tellement imprévisible, toutes ces choses refoulées par notre cerveau sont à ce jour incompréhensibles, et pourtant elles nous seraient si précieuse si nous pouvions les traduire. L'inconscient détient un langage que l'homme ne connait pas encore, et essaie de communiquer avec nous, dans nos rêves, dans les signes que nous voyons, dans l'instinct… Il doit avoir matière à comprendre dans les rêves, sinon nous oublierions tout, et je refuse de croire qu'une chose aussi libre et complexe ne serve à rien. Tout à un sens et comme un château de cartes, si on en enlève une, tout s'effondre. Il nous reste tellement de choses à comprendre. Il y a quelques temps, moi aussi j'avais essayé d'écrire mes rêves. Malheureusement, ma passion n'a pas duré assez longtemps et je crois que je n'ai pas écrit plus de deux jours sur ce cahier bleu. J'aurais dû garder ce cahier. On dit qu'écrire tous les matins libère les pensées et serait aussi efficace que la méditation pour libérer les mauvaises énergies. En parlant d'énergie, j'ai commencé à lire sur les différents alchimistes, c'est passionnant. Mais ce n'est pas de ça que je voulais te parler à la base.

Je vais te dire la vérité. Depuis que je l'ai retrouvée, je ne peux m'ôter Aliocha de la tête, et je crois qu'il s'amuse avec mes sentiments. Lors de mon séjour en Turquie j'ai reçu une lettre de sa part, me signifiant que s'il voulait me trouver il le ferait. Et il a attendu la fin de mon séjour pour m'envoyer cette lettre. Pourquoi ? En rentrant à Pétersbourg, je me suis concentrée sur mon travail. J'ai cru que cela me permettrait de penser à autre chose qu'Aliocha, mais je me trompais. À chaque fois que la porte sonnait, mon cœur battait dans l'espoir de le voir passer la porte. En fin de journée, cette cloche devenait mon salut. Je la regardais comme un fidèle regarde le Christ en espérant qu'il le délivre du mal. Les jours passèrent, mais il ne venait pas. Je n'ai pas répondu à ces courriers, mais je pensais qu'il viendrait. Penser à lui m'empêchait de me sentir seule, Jean n'étant pas là, la présence d'Aliocha me rassurait. Que j'ai honte d'écrire cela maman. Je savais que lui aussi était seul, il avait pris le soin de me l'annoncer. Nous savions tous les deux que nous étions seuls, moi à l'attendre et lui ? Je ne voulais pas le voir ni être dans la même pièce que lui, de peur de me créer de faux souvenirs, et d'être face à ce que je crains depuis des semaines. Je ne voulais pas répondre à son dernier billet : « J'ai besoin de vous voir » qu'est ce que ça voulait dire ? Est-ce que je lui manque ? Est-ce qu'il a envie de me voir ? Ou est-ce qu'il s'ennuie ? J'ai attendu le plus longtemps possible avant de lui répondre. J'ai joué Debussy, rien que Debussy, je connais toutes les partitions par cœur, c'est la seule façon que j'ai trouvé pour être avec lui. Si pour partager son cœur je dois passer par Debussy, je le ferai ! J'ai même relu Homer, j'apprends et dévore chaque mot, juste parce qu'il m'a dit un jour qu'il aimait ce livre. J'ai lu les livres qu'il a touchés, ils rôdent sur ma table de nuit comme de vieux fantômes affamés. J'ai finalement décidé de répondre à sa lettre.

« Cher Aliocha. Je serai à l'appartement ce soir vers dix-sept heures. Sarah. »

Quelques instants plus tard, je l'aperçus déposer sa lettre sous ma porte.

Elle disait :

« Chère Madame Debussy. J'avais prévu de travailler mon piano justement. »

Je restai perplexe. Il n'aurait pas pu se contenter d'un oui ou d'un non ? Je pris son mot et répondis à l'arrière de celui-ci : « Alors, ne vous dérangez pas ! »

Je me mis à nettoyer l'appartement de fond en comble, j'étais énervée, déçue, vexée, sans aucune raison, je ne me reconnaissais plus. Je regrettais de ne pas avoir eu assez de courage, pour ne pas lui répondre. J'aurais dû le faire attendre, lui faire comprendre que je n'étais pas à la merci de ses envies, et que je n'étais pas aussi idiote qu'il voulait le faire croire à tout le monde. J'étais contente de retrouver un ami d'enfance, contente de retrouver quelqu'un avec qui échanger des souvenirs. Je me retrouve maintenant hantée par un homme qui me manque de respect et dont mon cœur s'éprend de jour en jour. Si seulement, il n'était pas venu ce soir-là. Je le vis à travers la porte d'entrée en verre, son chapeau à la main, en train de tourbillonner sa moustache.

— Que voulez-vous ? demandais-je, toujours vexée par sa réponse à mon billet.

— Vous êtes toujours en robe de chambre vous ! répondit-il en entrant dans l'appartement sans que je ne l'y invite, comme la dernière fois, mais cette fois il était hors de question que je me fasse, encore une fois, marcher sur les pieds par cet homme.

— Je ne vous ai pas dit d'entrer.

Il se retourna sur son talon et me regarda amusé.

— Vous voulez que je sorte ?

Évidemment que je n'avais pas envie qu'il sorte, je voulais qu'il reste ici le plus longtemps possible et que le temps s'arrête. Qu'il avance vers moi et qu'il me prenne dans ses bras, en me disant qu'il est fou de moi et qu'il agit comme il le fait parce qu'il ne maîtrise pas ses sentiments. Voilà ce que j'aurai aimé qu'il me dise. Au lieu de cela il me fixait sans dire un mot. C'était un combat de regard, ni l'un ni l'autre ne voulait baisser les yeux. Tout cela n'était qu'un jeu, et j'en eus la réponse à cet instant précis. Tout n'était qu'amusement pour lui. Il avait envie de m'énerver et de me voir sortir de mes gonds, cela le rendait fort et je détestais ça. Il y avait aussi de l'envie dans son regard, l'envie de comprendre, comme moi, pourquoi nous nous étions manqués ? Je voyais en lui le regard de Werther, à qui on annonce, dans les premières lignes du roman, que quoi qu'il arrive, il ne doit pas tomber amoureux de Charlotte… Comme Eve, il a fallu que son regard se pose sur ce qui lui était interdit. Toute la douceur du monde ne peut calmer le feu de l'inconnu, de la curiosité ou de l'amour, peut-être. Ce combat était plus fort que nous, c'était le combat du temps, le combat des cœurs. Un clignement d'œil et tout était fini, un clignement et le temps reprendrait son cours.

— Pourquoi vous jouez Debussy alors que vous le détestez ? me demanda-t-il

— Peut-être que j'ai envie de comprendre ce que mon professeur de piano lui trouve ?

— Et c'est maintenant que vous vous posez la question ? C'est original.

— Ce qui est original c'est que vous veniez maintenant, alors que je vous ai demandé de venir plus tôt ! C'est très mal élevé. Encore une fois, vous n'avez aucune considération pour mon temps, et ce que je vous demande ! Vous n'avez aucun respect pour moi, et vous en vous en rendez même pas compte !

— Premièrement, calmez-vous ! Je viens à peine d'arriver et vous me reprochez déjà quelque chose. C'est typiquement féminin ! dit-il en réorganisant les partitions, qui trainaient sur le piano.

— Je vous demande pardon ?

— Je vous ai dit dans ma lettre que j'avais l'intention de jouer du piano. Vous auriez dû venir, nous nous serions amusés, dit-il en se retournant vers moi.

— Vous ne m'avez jamais proposé de venir chez vous, au contraire vous avez sous-entendu que…

Il leva les yeux au ciel et me coupa net.

— Qu'est-ce que j'ai encore sous-entendu ? Vous commencez à me casser les pieds à interpréter tout ce que je vous dis.

— Comment voulez-vous que je vous comprenne, si je

n'interprète pas ce que vous dites. Votre raisonnement est idiot. Le langage a été inventé pour qu'on interprète ce que les autres nous disent !

— Vous êtes beaucoup trop énervée ce soir, et il trop tard pour que je me dispute avec vous.

— Si vous étiez venu plus tôt, comme je vous l'avais demandé, nous ne nous serions pas disputés.

— Vous frisez l'hystérie…

Je ne pus retenir ma main pour lui donner une gifle, lorsqu'il l'arrêta d'un geste sec. Il me regarda longtemps, il n'était pas énervé, il était calme, sa main était puissante. Dans ses yeux, je retrouvais tout mon passé, le petit garçon qui lisait Doestoievsky. C'est à ce moment-là que je compris que je l'aimais. Je l'aimais comme je n'avais jamais aimé personne. Tout mon passé et mon avenir surgirent devant mes yeux. Mais cette pensée était inacceptable. Je retirais ma main de la sienne, en criant que je n'étais pas hystérique et qu'il me rendait folle, puis je le laissai seul dans l'appartement et m'enfermai dans ma chambre, bouleversée par la flèche qui venait de me traverser. Cachée derrière la porte, je faisais en sorte de me calmer et de reprendre mon souffle. Je crus entendre quelques pas, puis j'entendis la porte d'entrée se refermer. Il était parti. Tard dans la soirée, je descendis n'arrivant pas à trouver le sommeil, et je vis quelque chose sous mon piano. J'allumai et découvris une note.

« La table que votre mari a commandée sera prête dans la semaine. Votre Aliocha »

Je portai la lettre à mon cœur sans m'en rendre compte. « Votre Aliocha » derrière ce simple mot se cachait l'élixir qui allait me faire tomber dans un sommeil de rêves. Je retournai au lit, paisiblement, en rêvant de cette table. Je m'imaginais jouer aux échecs avec lui, et nous disputer. Je le battrais et ça le rendrait fou, ensuite nous irons au piano jouer Chopin…

Voilà où j'en suis maman, à rêver d'un homme qui ne m'aime pas. J'ai besoin de rentrer, j'ai besoin de te retrouver et de te parler, mon cœur ne supporte plus, je ne le supporte pas.

Sarah

Ma chère petite,

J'ai relu ta lettre plusieurs fois et ai commencé l'ébauche de je ne sais combien de réponse, sans savoir par où commencer. Je ne sais pas si je dois te parler comme une mère ou comme la psychologue que je suis. Je vais faire au mieux pour t'écrire une lettre que tu pourras garder, et relire lorsque tu en ressentiras le besoin. On dit toujours que les personnes d'un certain âge ont plus de sagesse et qu'elles développent un sixième sens, encore plus sensible lorsqu'il s'agit d'aider une personne qu'on aime. J'ai bien compris depuis le jour où tu m'as parlé de ce jeune homme qu'il y avait quelque chose entre lui et toi, ou entre toi et toi même. J'ai senti dans tes premières lettres que tu étais triste, que tu ne trouvais pas ta place à Pétersbourg et que malgré la gentillesse et l'amour de Jean, il ne comblait pas le temps que tu vois passer, sans que tu ne puisses l'arrêter. Ma chérie, tu vas dire que je radote, mais je pense encore une fois qu'il ne s'agit que d'une question de temps. Tu changes de pays, tu as le mal de Paris, de ton enfance, de ton piano, tu cherches à te souvenir de ce que tu aimais et tu ne supportes pas de devoir te créer de nouveaux souvenirs, sans trace du passé. Jean l'a compris et a été sensible à cela, c'est pourquoi il t'a aidé à trouver tes marques dans un endroit qui pouvait te faire sentir comme chez toi : une librairie. Il te connait bien ma petite fille. L'amie que tu as trouvée : Natasha vit pratiquement à côté comme une mère, elle a d'ailleurs mon âge et une fille du même âge que toi. Aliocha par un hasard incroyable entre en scène et apporte avec lui, le passé et le futur. C'est lui qui t'apporte le passé qui te manquait, Aliocha n'est que matière à ta nostalgie ma chérie. Tout cette attirance n'est que le fruit de ton inconscient. Je pense qu'il représente l'homme qui te permet d'allier le passé et le présent. Tu vas peut-être trouver que mon discours est trop thérapeutique, mais je ne veux pas que tu tombes dans la sentimentalité. Cela peut-être dangereux et te faire faire des erreurs, comme briser ton couple et un avenir, que je vois prometteur pour toi et Jean. Le Diable peut être entré dans ta maison et met cet homme devant toi pour tester la solidité que tu donnes à ton avenir, comme Barbe bleu qui demande à ses femmes de ne pas entrer dans une certaine pièce. Ne sois pas dupe ma chérie, ton père et moi avons toujours fait en sorte de tenir notre mariage et d'être fidèle à notre couple, plus qu'à nous même. Nous avons chacun fait des concessions, avons rencontré des difficultés, mais l'amour est plus fort que tout, et lorsque tu sais que tu as rencontré la personne qui est bien pour toi, il faut la garder, la chérir et faire en sorte que votre passé devienne un avenir commun. C'est avec le passé qu'on forge l'avenir. Je sais que ce que je suis en train de te dire ne te donnera pas d'outils sur comment réagir avec Aliocha, seul le temps fera quelque chose. En attendant, je pense qu'il est temps pour toi d'écouter ta tête. Ton cœur est trop fort en mélancolie pour que tu lui fasses confiance. Il te porte vers un chemin où l'envie et la peur peuvent détruire les fondations fièrement bâties, par toi et ton mari. Et puis imagine après ? Te vois-tu quitter Jean et refaire ta vie avec Aliocha ? Te vois-tu tout recommencer à zéro, apprendre à connaitre une personne, rencontrer une nouvelle famille, démarrer une nouvelle vie. Il te faudra des années pour arriver au point où tu es aujourd'hui. Jean et toi êtes au point culminant de votre vie, celui de la création, de l'absolu. Je sais que les mots que tu es en train de lire vont te faire du mal, car ils sont dénués d'émotions, mais sache que mon cœur tremble à l'écriture de ces mots. Mes mots sont ceux d'une femme qui a vu sa vie, et la vie des autres s'aimer et se détruire. Depuis que je connais la situation que Rose a vécue avec

Albert et Paul, je ne sais comment prendre la chose. Albert est dévasté d'avoir appris le secret de sa femme, il est tombé dans une profonde dépression qui lui a donné envie de tout bruler. C'est pour cela qu'il a voulu tout donner, et faire disparaitre le plus de chose possible. Tout ce que Paul et Rose avaient touché, il ne voulait plus rien voir de ce mensonge. Il ne savait pas ce qui était à Rose ce qui était à Paul, il savait seulement que depuis des années, ils avaient vécu heureux et avaient construit cette maison dans l'amour du secret, et de l'adultère. Lui qui se sentait si supérieur aux autres était trompé par sa femme. Il n'a pas crié ni pleuré en me livrant ce que son cœur renfermait, il a simplement voulu tout effacer. Mais c'est impossible, le mal prend toujours effet sur le bien. L'adultère lui a fait prendre conscience de son égo, de ce terrible égo qui lui a fait perdre sa femme, ses enfants, des années de sa vie, sans qu'il s'en rende compte. Albert est un homme qui ne se connait pas. Il pensait se connaitre en fonction de ce qu'il représentait socialement, mais ce n'était que de la poudre aux yeux, aujourd'hui la poudre s'est envolée avec les cendres d'une femme qu'il a aimée. Si aujourd'hui il s'est rapproché de Dieu, c'est pour racheter ses fautes, pour se faire pardonner. Il aimait Rose, mais n'a jamais réussi à lui communiquer, il était aveuglé par le succès, la fierté, l'égo. Aujourd'hui, il efface de sa vie, la matière qui la représente. Voilà ce qu'il reste de l'adultère de Rose : Paul, un homme qui a vécu dans le secret, et qui a aimé toute sa vie la femme d'un autre, et de l'autre côté la tristesse de cet autre qui rachète sa vie. Ma chérie, évite-toi cette souffrance, ne brise pas ton couple ni le ménage d'un autre homme pour une simple histoire de temps.

Albert m'a raconté comment il avait appris la liaison de Tante Rose avec le médecin. Un soir, je suis montée dans la chambre d'Albert. Il n'y a qu'un lit, une couverture, un drap, un oreiller, une chaise près de la fenêtre, et un tableau de Turner (une réplique que ton père avait achetée il y a très longtemps). Albert était sur sa chaise, surement en train de méditer, car c'était son dernier jour de silence avant la fin du jeûne. Je voulais engager la conversation pour lui apporter mon soutien s'il en avait besoin. Il leva les yeux sur moi, se leva de sa chaise, et me prit dans ses bras. Je n'ai jamais senti un homme aussi faible, il n'avait que la peau sur les os, et je sentais glisser dans mon cou les larmes d'un homme trop malheureux pour exprimer sa rage. Nous sommes restés dans cette position jusqu'à ce que le soleil se couche. Lorsque ses jambes ne purent plus tenir debout, Albert s'allongea, et je le laissai s'endormir en silence. En descendant, j'ai vu les enfants servir un bol de soupe, ils avaient préparé la table, sans rien dire à personne pour nous tous. Je m'installai avec eux ravie de voir que ces deux bonhommes avaient grandi, grâce au malheur de la vie. Je compris qu'ils n'avaient plus besoin de moi. Je devais partir pour que Albert ait quelque chose à faire de plus important que de s'occuper de lui, il devait s'occuper de ses enfants. J'avais décidé de rentrer à la maison dans les prochains jours. Mais rien ne s'est passé comme convenu. Le lendemain, Albert s'est réveillé très tôt, a claqué la porte de sa chambre, ce qui a fait trembler les murs de la mienne, il est monté au grenier et a descendu plusieurs affaires de cuisine, ça faisait un boucan ! À mon réveil, Albert avait préparé toute une panoplie de pâtisseries. Pour la première fois depuis des semaines il avait mis un pantalon et une chemise. Il était beau, bien que son jeûne l'ait amaigri, mais il avait retrouvé ses yeux brillants et son port de tête. Il était fier, fier d'avoir accompli quelque chose de plus grand que lui. Il était purifié. Ému, il me tendit un verre de jus d'orange qu'il avait pressé et nous avons trinqué tous ensemble. Nous fêtions la fin du jeûne, mais aussi la fin d'un deuil, la fin de l'orgueil qui se révèle absurde lorsque nous prenons conscience de notre condition. Je parlai de mon départ à Albert qui ne me retint pas, il voulut me remercier en célébrant tous ensemble le quatorze juillet. Les enfants étaient ravis, leur père leur a offert des feux d'artifices, et promis une place pour regarder les feux. Il préparait une surprise pour les enfants, comme pour se faire pardonner de son comportement. Je priais pour que ce ne soit pas une messe ! Le soir venu, Albert nous demanda de prendre des vêtements chauds et imperméables, nous n'avions aucune idée de l'endroit où nous allions. Il nous emmena diner dans un restaurant chic, où il avait réservé une table. Le patron du restaurant nous accueillit, ton oncle était devenu un des hommes les plus connus de la région, il nous offrit la meilleure place. Le soleil était sur le point de se coucher, devant le lac, quelques familles s'installaient déjà pour attendre les feux. Le patron nous servit le champagne, même aux enfants. Les Américains seraient outrés ! Une coupe de champagne n'a jamais tué personne à l'inverse d'une arme. Ah ces Américains ! Ils pensent être le pays du Nouveau Monde, alors qu'ils prient pour arrêter une tempête. Enfin, le serveur nous apporta le diner spécial de la soirée. À la fin du repas, nous nous sommes promenés au bord de l'eau, dans l'espoir de chercher une petite place, lorsqu'un homme dans une barque nous demanda de le rejoindre. Nous allions refuser poliment lorsque Albert nous dit de le suivre. Nous nous sommes installés, elle était assez grande pour nous cinq. Le conducteur demanda aux enfants s'ils savaient comment étaient lancé les feux d'artifice. Leurs yeux brillaient encore plus que les étoiles qui nous éclairaient. L'heure des feux sonna, il nous donna à chacun des bouchons à mettre dans les oreilles, et pendant trente minutes nous avons regarder s'éclater devant nous ces petites billes de lumière éphémère qui s'émancipent dans le ciel. Nous pensions aux hommes tombés pour notre liberté, aux lancements des feux qui résonnaient dans notre corps, comme les bombes. Ces bombes qui à l'époque tuaient pour la liberté et l'espoir, aujourd'hui éclatent avec beauté devant les yeux émerveillés des enfants de la chance. Combien d'hommes ont senti leur corps trembler à l'écoute des obus ? Combien ont vu une fumée dans le ciel qui annonçait peut-être leur mort prochaine ? Comme le temps peut changer la perception d'une même chose. Une fois rentrés à la maison, nous sommes allés nous coucher. Je remerciai les enfants de leur patience avec leur père, et je pris Albert dans mes bras. Le lendemain matin, je me réveillai tôt pour prendre le premier train, je ne voulais pas qu'ils m'emmènent à la gare, j'ai toujours détesté les adieux, on ne sait jamais ce que nous laissons sur le quai de la gare, et voir une personne s'effacer au rythme d'un train est une émotion trop forte pour être agréable.

Arrivée à la maison, je fus accueillie par Valérie qui s'occupait de tenir les plantes en vie, et d'arroser le jardin, enfin comme elle a pu. Je ne sais pas si tu te souviens d'elle, de temps en temps elle te gardait lorsque ton père et moi allions diner. C'est une femme adorable, mais un peu bizarre. Tu sais les gens les moins étranges sont peut-être ceux dont le physique l'est le plus. On a toujours tendance à croire que la manière qui nous habille reflète ce que nous sommes, mais c'est faux. Une personne soignée est aussi une personne qui veut qu'on la voie de cette manière. Elle crée une façade lisse, pour cacher la personne qu'elle est vraiment aux autres, et inconsciemment à elle-même. La mode est une manière de s'exprimer, mais aussi de mentir. On dit que les hommes qui ne font pas attention à eux sont négligés, mais ce sont peut-être eux qui sont les plus honnêtes après tout, ils n'ont pas besoin d'artifices pour paraitre. Il y a quelque temps, je me souviens avoir lu que les femmes qui portaient des bijoux étaient comme des sapins de Noël décorés, les artifices étaient là pour cacher la misère. Depuis ce jour-là, j'ai arrêté de porter des bijoux. Ton père était furieux, car pour un de mes anniversaires, il m'avait acheté un bracelet avec deux cœurs enlacés, je ne pouvais le garder car mes poignets étaient tellement fins à l'époque que je perdais mes bijoux. Une fois, j'ai eu la chance de le rattraper avant qu'il ne tombe sous les rails du métro. Il a fait de ce bracelet une chaine que je garde autour du cou le plus souvent possible.

Voilà ma petite chérie, je suis maintenant chez moi. Valérie m'a mis de nouveaux draps, et a rempli le réfrigérateur pour que je n'aie pas tout à faire en rentrant. J'espère que tu ne recevras pas cette lettre trop tard, dis moi quand tu comptes venir pour que je puisse acheter ce que tu aimes à manger. Valérie m'a mis de la rhubarbe de côté, c'est la seule chose qui a réussi à pousser, je te ferai des tartes, et de la confiture.

Je t'embrasse, ma petite chérie, embrasse Jean.

À bientôt

Maman.

20 Juillet 19..

Ma chère Maman,

Cela fait plusieurs jours que je n'ai pas de réponse de ta part, j'espère que tout va bien. Jean est rentré de Moscou, il a eu beaucoup de travail, mais il a pris le temps de me rapporter un petit souvenir. Dans une boutique, il a trouvé un beau marque-page avec une belle citation de Jean-Jacques Rousseau : « La jeunesse est le temps d'étudier la sagesse, la vieillesse le temps de la pratiquer ». J'aime beaucoup cette citation, je l'avais lue lorsque j'étais au lycée. C'était très à la mode de citer des auteurs connus, ça impressionnait les parents et les professeurs. J'avais une amie qui raffolait de ces livres de citations, elle en apprenait tous les jours une par cœur qu'elle citait ensuite ces interrogations écrites pour avoir de bonnes notes. Comme elle n'aimait pas lire, elle avait trouvé cette astuce pour « faire comme si ». Aujourd'hui, connaitre des citations est devenu plus important que de lire les livres eux-mêmes. Paraitre est devenu plus important que devenir, par simple but de gagner du temps. Aujourd'hui, par paresse nous lisons les titres des journaux sans lire leur contenu. Le but n'étant pas d'apprendre, mais d'avoir quelque chose à dire. Nous n'apprenons plus pour nous mais pour nous imposer socialement, le paraitre est devenu plus important que la compétence et la curiosité. Il faut faire bonne impression, tel un comédien qui enfile son costume pour faire croire l'espace de quelques heures qu'il est Jules César, dans le seul but de plaire et de s'élever au rang d'une classe qui se vulgarise de jour en jour dans le paraitre plus que dans de sincères fondations. Aujourd'hui, un homme qui lit Homère est considéré comme un ermite, un homme qui refuse de vivre dans son temps. C'est grâce à son honnête curiosité que l'ermite acquiert le respect et se détache de la moyenne. Le secret est qu'il n'y a pas de secret, il ne peut pas y avoir de paraitre efficace lorsque derrière il n'y a pas de fondations honnêtes. Quel intellectuel ne s'est pas retrouvé un jour, devant un homme se vantant d'avoir lu un résumé de « la Critique de la raison pure » de Kant prenant trop de temps à lire et à comprendre. Est-ce que le savoir peut se transmettre par les résumés de petites phrases ? Et la mémoire dans tout ça ? Qui, dans quelques années, aura su garder toutes les capacités de sa mémoire à long terme ? Il fut un temps où j'étais comme cela maman. Je cherchais à montrer que j'étais plus intelligente que les autres et que je m'intéressais à tout. Dès que l'occasion se présentait, je parlais d'un passage du dernier livre que j'avais lu. Je me souviens du silence qui précédait mon intervention, puis les remarques que l'on me faisait. Tout le monde essayait de me contredire en me posant des questions pièges auxquelles je n'étais pas capable de répondre, car il aurait fallu développer mes raisonnements depuis le début. On se moquait de moi, on disait que je n'y connaissais rien, que mon raisonnement n'était pas rationnel ou que j'avais mal compris. En participant à certaines conversations, je me tournais en ridicule car je n'arrivais pas à formuler correctement mes propos et mes idées, parce que je ne les maîtrisais pas assez. Ce n'est qu'au bout de plusieurs années, que je me suis rendue compte qu'en voulant partager ce que j'avais appris, je perdais la réputation que je voulais me donner. Moi qui voulais qu'on me considère comme quelqu'un d'intelligent, j'étais la tête de turc de mes camarades. Je ne comprenais rien et je m'intéressais à des sujets bizarres. De toute façon, j'avais de mauvaises notes en classe, pourquoi on écouterait un cancre parler de métaphysique ? Un soir, j'ai demandé à papa comment ça se faisait que même si je lisais beaucoup, je faisais toujours des fautes d'orthographe ? Pourquoi je ne retenais pas tout d'un livre ? Et pourquoi j'étais incapable de parler de ce que j'avais appris ? Il m'a répondu : « Parce que tu n'étudies peut-être pas pour les bonnes raisons. Si tu apprends pour paraitre, ton objectif ne sera jamais noble. » C'est là qu'il m'a fait connaitre Epictète. Le fait que tes camarades te respectent ne dépend pas de toi, tu ne peux pas désirer qu'ils agissent comme toi tu le souhaites. Tu dois t'occuper des choses qui dépendent de toi et il n'y en a que deux : tes pensées et tes actes. Depuis ce jour-là, j'ai beaucoup moins parlé, mais j'a continué de lire, beaucoup. J'en suis venue à me débarrasser d'une partie de mon égo. J'apprenais pour moi seulement, sans rien attendre en retour. Je lisais les livres qui m'intéressaient et je les comprenais de la manière dont je voulais. Mes notes sont devenues catastrophiques, je n'arrivais pas à expliquer clairement ce que j'avais appris, d'après Hegel c'est que je ne devais pas comprendre. Je n'étais pas d'accord, je comprenais ce que je lisais, je ressentais les pensées des auteurs. J'ai toujours eu l'impression que mon âme comprenait, mais que je n'arrivais pas à traduire cette émotion. Comme un sentiment d'amour, ce n'est pas parce qu'on ne peut pas l'exprimer avec des mots qu'il n'existe pas, au même titre que Dieu et la foi. Ce sentiment est là, même s'il n'est pas palpable… Enfin, je ne m'en suis pas trop mal sortie, tout ce que j'apprends, je l'apprend pour moi, et je lis chaque livre comme un toxicomane prend sa dose d'héroïne. Je n'ai que peu d'amis et ils ne me connaissent pas vraiment. Ils ne savent pas que tous les matins, je sors un livre de ma bibliothèque pour apprendre quelque chose sur les alchimistes, la métaphysique ou la médecine. Et s'ils le savaient qu'est-ce que ça changerait ?

Je ne sais pas pourquoi je te parle de ça maman. Tu dois en avoir marre de m'entendre rabâcher les mêmes choses. Mais je culpabilise de ne pas avoir fait d'études, même si je sais qu'elles ne font pas l'intelligence. Un diplôme reste la reconnaissance d'un accomplissement. Ce que je n'ai pas et que je n'aurai jamais. Je sais que la reconnaissance ne dépend pas de moi mais je la désire. Lorsque j'ai parlé de ça à Jean, il m'a dit une chose : « Tu ne peux pas espérer que les gens t'écoutent et te fassent confiance si tu n'as pas fait tes preuves. » Il a raison, au même titre qu'un sportif doit être le meilleur pour espérer faire partie des Jeux Olympiques. Il doit prouver ses capacités. C'est en travaillant et en montrant le meilleur de lui-même qu'il gagnera le respect de ses pairs. Tu vois comme Jean me comprend bien. Il a toujours la bonne formule, il arrive à exprimer avec des mots simples les choses les plus complexes. Je l'aime tellement, je ne comprends pas pourquoi mon esprit se perd pour Aliocha. Si je devais parler de ce genre de sujet avec lui, je suis sûre qu'il ne m'écouterait pas. Enfin, je dis ça, mais je ne sais pas ce qu'il ferait. J'ai l'impression de le connaitre depuis des années mais le fait est que je ne le connais pas.

Ma chère maman, que j'ai hâte de te revoir, mes valises sont en bas du lit et je rêve de toi toutes les nuits.

Ta Sarah

Le 26 juillet 19..

Chère Madame Debussy,

J'ai passé l'après-midi au piano, j'ai essayé de jouer en me racontant une histoire comme vous me l'avez conseillé, mais ce n'est pas aussi facile que je le pensais. Je ne pensais pas que vos simagrées me manqueraient un jour.

P.-S. : J'ai relu une de vos lettres, et permettez-moi de vous dire que vous manquez d'humilité. Dire que Debussy est simpliste est arrogant.

Votre Aliocha.

Cher Aliocha,

À croire que vous attendez que je sois au calme pour venir me perturber avec vos commentaires ! N'êtes vous pas suffisamment éduqué pour comprendre par vous-même que je suis partie de Pétersbourg pour avoir la paix. Votre sans gêne m'exaspère et vous ne vous rendez pas compte de votre impolitesse et ça, je ne le supporte plus. J'étais heureuse de vous retrouver, je pensais trouver en vous un confident, un ami, et plus le temps passe, plus je regrette que Jean vous ait contacté pour vous passer commande. Que voulez-vous de moi ? Pourquoi dites-vous que je vous manque ? Je ne vous comprends pas… je ne vous comprendrai jamais !

P.-S. : Arrogante ? Moi ! J'espère que vous plaisantez ? Vous être l'homme le plus arrogant que je connaisse !

Bien à vous,

Sarah

Le 29 juillet 19..

Chère Madame Debussy,

Je ne pensais pas vous décevoir à ce point…

Vous exagérez mes propos, et vous les interprétez mal. Certes, je ne suis pas « le gendre idéal », mais vous n'êtes pas ma femme, je n'ai pas besoin d'être romantique avec vous. Si ma familiarité vous déplait, j'agirai comme un simple employé.

P.-S. : Lorsque nous nous sommes vus pour la première fois, outre le fait que vous ne m'avez pas lâché du regard, c'est vous la première qui m'avez pris en dérision. Je n'ai fait que suivre votre rythme.

Aliocha

Le 29 juillet 19..

Cher Aliocha,

Comment osez-vous remettre la faute sur moi ! Vous voulez me rendre folle ? et ne me dites pas que je suis sujette à la paranoïa ou je vous lance mes livres de Freud en plein visage ! Avec un peu de chance, le choc fera redresser votre moustache ridicule (que vous soigné beaucoup trop !). Maintenant, j'aimerais que vous ne me dérangiez plus. Prendre retraite de vous est la meilleure chose qui me soit arrivée.

P.-S. : Quelle haute idée avez-vous de vous-même. Je n'ai pas passé plus de cinq minutes à vous regarder et cela n'était dû qu'à un petit jeu avec Vladimir.

Adieu, Sarah

Le 30 juillet 19..

Madame Debussy,

Vous ne souhaitez pas que j'arrête de vous écrire sinon vous ne me répondriez pas. Pour Freud, je serais désolée de le voir sur mon visage. En plus de cela il serait déçu, il préférait les femmes.

Concernant ma moustache, je suis flatté de votre intérêt.

P.-S. : À quel jeu jouiez-vous avec Vladimir ?

Aliocha

Le 4 août 19..

Vous êtes fâchée, Madame Debussy…

Aliocha

Chère Sarah,

Si vous ne me comprenez pas, sachez que j'ai du mal à vous comprendre moi aussi. Reconnaissez que vous avez un comportement étrange. Vous êtes toujours sur la défensive et votre sarcasme peut parfois être pris pour de la condescendance. Il est fort probable que mon humour ait été quelquefois mal interprété, et je m'en excuse.

Cette lettre pour vous dire que j'ai terminé votre table, et qu'elle sera livrée dans les prochains jours. J'aurais aimé vous la présenter, mais je doute que vous souhaitiez me voir.

P.-S. : Sachez que dans ma première lettre, je vous faisais remarquer que votre présence me manquait, je ne pensais pas que vous vous acharneriez sur moi.

Adieu, Aliocha

Cher Aliocha,

Que vous êtes dramatique ! Ce n'est pas parce que je mets quelques jours à vous répondre que je ne pense pas à vous. J'ai d'autres choses à faire que de passer mon temps à vous écrire. Vous n'êtes pas sans savoir que ma tante est décédée.

Non Aliocha, je ne vous en veux pas et je ne suis pas le moins du monde en colère contre vous. Voyez, je parlais de vous avec maman et nous en avons conclu quelque chose de très intéressant. Nous n'avons plus l'âge de nous chamailler et de nous contredire comme nous le faisons depuis des mois. Vous avez réalisé, j'en suis sûre, une œuvre unique de grande qualité et la moindre des choses serait de respecter ce travail.

Comment vont Pouchka et Natascha, cette dernière me manque beaucoup .

À bientôt Monsieur Debussy

Chère Sarah,

Merci pour votre lettre et votre considération, j'espère que mon travail vous permettra de vivre de beaux moments en famille. Natascha se porte bien, le séjour à Paris a été très agréable pour elles deux. Vous vous êtes croisées de peu. J'ai croisé votre mari, nous avons échangé quelques mots, il travaille beaucoup d'après ce que j'ai compris. Natascha lui a proposé de venir diner. Votre mari est un homme gentil et vous allez bien ensemble. Il nous a parlé de votre voyage en Turquie et de vos escapades, cela a donné envie à Pouchka de voyager. Nous aimerions organiser un voyage mais son temps est toujours trop limité. Il est difficile de suivre son rythme parfois, nous avons deux métiers très différents. Je suis ce que les gens appellent ironiquement « un artiste », j'ai besoin de voyager et d'apprendre pour créer. Pouchka est beaucoup plus terre à terre que moi. Elle voyage pour son travail, ne passe que quelques jours dans une ville et aime suivre les recommandations d'un livre de voyage. De mon côté je voyage différemment, j'aime l'aventure, les gens et les endroits insolites que nous trouvons uniquement lorsque nous nous perdons. J'aime suivre un homme du pays et découvrir ses secrets, jusqu'au plus sombre. Cela me fait penser à un voyage que j'ai fait il y a quelque temps, avant que je rencontre Pouchka.

En Chine, lors d'un voyage où je cherchais une pierre gemme, je suis entré dans une de ces petites boutiques que l'on ne trouve qu'à l'extérieur de Pékin. En entrant, je me suis rappelé ce livre où le personnage entre dans une vieille boutique d'antiquaire. Il a l'impression de faire un voyage dans le temps. Il s'arrête devant un corail enfermé, pour que le temps ne fasse pas défaut à sa beauté et il le prend dans ses mains. Ce corail représente notre planète. C'est cet objet qu'il décide de rapporter chez lui pour lui rappeler un temps qui n'existe plus. Il représente plus que tout l'or du monde à ses yeux, la vie, Dieu, quelque chose de plus fort que l'homme, et pourtant, c'est bien un homme qui a trouvé l'outil pour rendre ce corail immortel. Comme si l'art pouvait mettre le temps et la beauté sur pause. Je me suis arrêté sur un objet, comme le personnage d'Orwell, : le socle ressemblait à un briquet en cuivre, il était finement décoré par de petites fleurs chinoises, le coup de scalpel était fin et discret. Il s'agissait d'une pipe. Accroché à celle-ci il y avait une petite anse en ficelle qui retenait une pierre de Jade. Je fus attiré comme un lac par la puissance de la Lune, j'avais l'impression qu'elle m'attendait depuis des siècles. Je n'osais pas la prendre de peur de l'abîmer, alors le vendeur vint vers moi, la prit délicatement et me la présenta. De légères particules de peau, et d'insecte nous piquèrent les yeux lorsqu'il souffla dessus.

— Opium, me dit-il.

Placée sur cette vieille étagère, éclairée par les rayons du soleil qui s'infiltraient à travers les fenêtres recouvertes de bois usé, je n'avais pas reconnu la pipe à Opium. L'homme, qui me regardait avec calme et insistance comprit que je ne parlais pas la langue. Il tourna l'étiquette qui indiquait le prix et me tendit l'objet. J'avais du mal à le prendre dans mes mains tellement il m'impressionnait. Je sentis des picotements, j'avais l'impression que la poussière me montait au cerveau. En quelques secondes, mon âme était animée d'un souffle magique qui m'étourdit. Il posa sa main sur moi et me fit signe de le suivre dans une petite salle discrète cachée au fond de la boutique. Le couloir était long et étroit, le sol qui protégeait nos pieds était parsemé de fissures. Il me fit un signe de la main et j'entrai dans ce qu'on pouvait appeler un bar clandestin. Le sol était recouvert de draps épais aux couleurs chaudes. Au plafond, une lampe orientale permettait aux hommes de pouvoir se distinguer sans se reconnaitre. Cette ambiance était incomparable à ce que j'avais pu voir jusqu'à présent. Je tenais dans mes mains le précieux objet lorsqu'une femme magnifique s'avança vers moi. Elle était totalement nue, seul un bijou entourait son visage et la lumière dessinait ses traits. Je ne m'étais pas aperçu que l'homme qui m'avait mené jusqu'ici avait disparu. Mon hôtesse m'accompagna près d'une souche sur laquelle était posé un coussin de velours violet. Elle s'assit à mes côtés et prit l'objet de mes mains. N'importe quel homme aurait fait confiance à une femme aussi belle. Je ne pouvais pas la quitter des yeux, ils étaient noirs et à travers eux je devinais flamber les bougies qui se mouvaient aux rythmes d'une musique imaginaire. J'étais hypnotisé. Elle porta la pipe à ma bouche, et en fermant ses yeux de femme avertie, avec une douceur et une délicatesse que seules les femmes de rues connaissent, je respirai les graines de pavot que Baudelaire avait fumé avant moi… Les volutes enivraient mon corps, j'ouvris les yeux pour m'éveiller de mon rêve, mais elle était toujours là et me regardait, sa bouche n'avait aucune expression, mais ses yeux souriaient. J'avais devant moi la plus belle femme du monde, Athéna descendue de l'Olympe pour partager sa beauté et sa sagesse avec moi, un pauvre homme étourdi par la beauté de la Femme. On dit que les dieux peuvent prendre n'importe quelle forme. Elle avait choisi de prendre la forme d'Israël, c'était comme ça qu'elle voulait que je l'appelle.

— Israël, me dit-elle d'une voix suave avec un accent tout aussi indéfinissable qu'elle.

Je répétais son prénom : « Israël » comme le souffle du

vent : « Il Sera Elle » comme si l'homme et la femme ne faisaient qu'un, ce que nous fîmes un moment.

Le lendemain, quelques minutes, un an après, je ne sais pas. Je me suis réveillé au pied d'une porte. J'étais seul, les mains sur mon visage fatigué et sale. Je ne m'étais pas lavé depuis des années, des mois, des semaines. Dans ma tête résonnait ce prénom, ce mot, ce pays historique : « Israël ». Dans ma poche je sortis l'objet qui détenait le paradis artificiel, je reconnus les fleurs de pavots. Je passais mon doigt sur elles mais je ne me souvenais de rien. Tout souvenir s'était effacé. Pendant quelques heures, fatigué et affamé, j'ai cherché cette boutique, mais je ne l'ai jamais retrouvée, et au fond de moi je ne le voulais pas. Cela m'aurait fait prendre conscience de la réalité terminée, ou de ma folie. Je décidai de prendre le prochain avion, et de revenir avec un seul souvenir, une seule destination : Israël.

Chère Sarah, je ne sais pas pourquoi je vous raconte cette période de ma vie, je ne l'ai racontée à personne. Je n'ai jamais eu envie de la raconter à Pouchka, elle est très jalouse et aurait voulu savoir plus de choses sur la fille que sur l'aventure, ça aurait été dommage. Je ne sais toujours pas si j'ai rêvé ou si cette histoire s'est réellement passée, mais une chose est sûre. Je n'aurais jamais vécu une telle chose si je n'avais pas suivi l'homme dans cette boutique, ou si j'avais suivi un guide de voyage. J'aimerais retrouver cette solitude, ce danger, mais je ne le pourrai plus. Aujourd'hui je n'ai plus le temps ni les moyens. Pouchka est toujours avec moi et nous prenons le temps qui nous est accordé ensemble pour en profiter. Pour « profiter » ce mot dénué de sens et d'avenir. Profiter de qui ? De quoi ? Et pourquoi.

Excusez-moi, je ne devrai pas vous parler comme ça… Vous êtes la seule personne en qui je peux avoir confiance. Je n'ai plus de famille, mes amis sont loin et les livres, bien que regorgeant de sagesse, ne parviennent pas à répondre aux besoins qu'ont les hommes de s'exprimer à un autre être vivant…

J'ai déjà usé beaucoup de votre temps.

À bientôt,

Votre Aliocha

11 août 19..

Cher Aliocha,

J'ai lu votre lettre, plusieurs fois… beaucoup plus qu'une personne sensée aurait dû. Votre histoire est très belle, je ne suis jamais allée en Chine et vous m'avez fait voyager. Cette histoire est vraie Aliocha, à la manière dont vous la racontez elle ne peut qu'être sortie du cœur. Effectivement, vous n'aurez peut-être plus la chance de vivre ce genre d'expérience, mais vous avez la chance d'avoir connu ce que d'autres peut-être n'auront jamais : la fougue d'avoir vécu. Je ne connais pas Pouchka, j'ai vu quelques photos d'elle chez Natacha et je dois avouer qu'elle m'a fait beaucoup d'effet. C'est une femme magnifique et très charismatique. Je me doute que l'agenda de Pouchka est serré mais il vous permettra de profiter intensément des moments que vous vivez ensemble. Si vous l'aimez bien sûr… l'aimez-vous ?

Je n'ai pas à vous poser cette question, excusez-moi. Maman a raison, je devrais écrire des brouillons, avant d'envoyer des lettres instinctivement. Mais je n'ai pas envie de faire de brouillons, je n'aime pas ça. J'aime écrire ce qu'il me passe par la tête, c'est là que l'âme se délivre. S'il vous plaît, Aliocha, ne me faites pas réécrire ma lettre et oubliez la question que je viens de vous poser. Je comprends votre mélancolie, même si vous pensez que mon couple avec Jean est parfait. Il l'est oui, il est parfait, je ne peux pas vous le cacher. Nous faisons beaucoup de choses ensemble et profitons du temps qui nous est donné. Prenez un peu de temps pour vous Aliocha. Lorsque je serai de retour à Pétersbourg, nous prendrons le thé et j'espère que vous me raconterez d'autres anecdotes comme celle-ci. Je suis sûre que vous en avez beaucoup !

Mon cher Aliocha, vous ne pouvez pas savoir à quel point

votre lettre m'a touchée. C'est cet homme-là que j'aimerais retrouver plus souvent et que j'aurais aimé séduire il y a quelques années. Dieu, que le temps passe vite.

Je vous souhaite une agréable soirée, embrassez Natacha et Pouchka.

À bientôt,

Sarah

Le 12 août 19..

Chère Madame Debussy,

Je vous remercie de ne pas vous être moquée de moi. Comme vous le dites, je me suis laissé aller à libérer « mon âme », votre tournure de phrase est jolie. Ne rougissez pas, vous n'êtes pas Balzac non plus. L'aimez-vous d'ailleurs ?

Trouver en vous une amie est quelque chose que je n'aurais pas imaginé. Je ne sais jamais sur quel pied danser avec vous. Permettez-moi de donner à cette lettre un peu plus d'humour pour ne pas tomber dans le trémolo des lettres écrites pour combler l'ennui.

P.-S. : Vous dites avoir essayé de me séduire il y a quelques années ?

Votre Aliocha

Cher Aliocha,

Vous déformez mes propos ! Je n'ai jamais dit avoir essayé de vous séduire. Enfin là n'est plus la question.

Jean m'a parlé du plaisir qu'il a eu à diner avec vous et Natasha, il a trouvé Pouchka charmante. Je vais commencer à vous jalouser, j'ai l'impression que vous vous entendez mieux avec mon mari qu'avec moi. Concernant Balzac, c'est un auteur que j'aime beaucoup, je ne vais pas être originale mais « La peau de chagrin » est un roman que j'ai adoré, il ressemble à Dorian Gray, que j'aie préféré. Vous avez dû voir que j'avais en ma possession la « Comédie humaine ». J'aime lire quelques nouvelles de temps en temps, mais je n'ai pas encore eu le courage de tout lire et je ne peux me contenter que d'un seul auteur, j'ai besoin de lire d'autres styles. Vous commencez à savoir que j'aime casser les rythmes. Il faudrait aussi que je prenne le temps de lire « le Temps perdu » de Proust mais il m'ennuie. Je sais que c'est terrible de dire cela pour une Française, mais je ne peux pas m'y faire.

P.-S. : Il me semble avoir utilisé le conditionnel « aurais aimé séduire… »

Sarah

Le 15 août 19..

Chère Madame Debussy,

Je suis d'accord avec vous sur Balzac, je trouve aussi que Wilde a apporté plus d'onirisme à cette histoire. Concernant Proust, je ne suis pas d'accord avec vous, il a apporté une définition au temps avec ce roman, et le fait que vous ayez eu l'impression qu'il s'arrête prouve qu'il en est le maître ! Enfin, je comprends que vous ne soyez pas sensible à Proust vu que vous n'avez aucun goût pour la musique. Tout comme Debussy aime les longues et douces mélodies, Proust lui, décrit le monde avec une précision et un lyrisme que je n'ai jamais lu ailleurs. Mais je vous avouerai que je suis mitigé. Je n'arrive toujours pas à me faire à l'idée que Monsieur Piège vous a traumatisée avec Debussy. Il faut vous en remettre.

Donc vous auriez aimé me séduire ! Quelle révélation ! Je n'en avais aucune idée, au contraire je vous trouvais distante. Si j'avais su, j'aurais fait le premier pas, je me souviens encore de notre première rencontre. Vous en souvenez-vous ? Nous attendions notre professeur dans la médiathèque. C'est lorsque vous avez essayé de lire le titre de mon livre que je vous ai remarquée, je n'ai pas eu besoin de voir votre visage pour vous trouver belle et très maladroite, vous m'avez écrasé le pied, je comprends maintenant que je vous troublais. Cette révélation est très agréable à entendre. J'ai toujours fait de l'effet aux femmes ! Quel dommage que vous ayez été si timide. J'aurais aimé partager plus de temps avec vous, mais je n'étais pas le même à l'époque. J'étais tellement heureux d'étudier le cinéma, et avec une jolie camarade c'est toujours plus agréable, mais je ne pensais pas être votre genre.

P.-S. : Concernant les autres insinuations de votre lettre,

193

permettez-moi de ne pas y répondre, elles ne m'intéressent pas.

Votre Aliocha.

Le 16 août 19..

Cher Aliocha,

Imaginez-vous ce qu'il se serait passé si nous avions pris le temps de nous écouter il y a quelques années, nous serions peut-être mariés ! Quoique cela m'étonnerait ! Cela fait à peine un ou deux mois que nous travaillons ensemble et je ne peux déjà plus vous supporter. Votre manière de communiquer et votre arrogance m'exaspèrent. Vous vous rendez compte que dans votre lettre vous vous vantez d'être un homme à femmes. Je crois que vous ne savez plus du tout ce que vous dites, c'est vous qui devriez préparer un brouillon avant d'envoyer vos lettres. Et vous permettre de dire que je n'ai aucune âme parce que je n'aime pas un compositeur que vous aimez prouve encore une fois que vous jugez des Hommes en fonction de vous. Vous n'avez aucune ouverture d'esprit. Pour un artiste, vous avancez dans le monde avec des œillères, ce n'est pas comme ça que vous progresserez. Monsieur Debussy pourrait vous apprendre beaucoup, si vous écoutiez et tolériez les opinions d'autrui.

P.-S. : Quelle est cette fausse modestie qui vous fait dire que vous n'étiez pas mon genre ?

Sarah

Très chère Madame Debussy,

Ce n'est pas de la fausse modestie, je le pensais sincèrement. Vous n'étiez pas le genre de fille, en apparence, à vouloir fréquenter un garçon comme moi. Vous venez d'une famille plutôt aisée, discrète, et vous viviez en dehors de la ville. Comme si vous ne vouliez pas être aux côtés des prolétaires. Pour moi, vous n'étiez qu'une bourgeoise qui ne s'intéressait qu'aux personnes de sa classe. En fin de compte, je ne me suis pas trompé, vous travaillez pour vous divertir, non par besoin. Enfin, de mon côté je ne suis pas mal loti, ma famille, enfin mes familles, si j'en crois le remariage de ma mère, sont autant ou peut-être plus socialement reconnues que la vôtre.

Vous auriez très bien pu faire le premier pas, nous ne sommes plus au moyen âge ! Et vous qui avez dans votre bibliothèque les bibelots de Simone de Beauvoir, vous devriez mettre en pratique ce que vous avez appris au lieu de lire sans agir. Et je dirais que ce que vous considérez chez moi comme de la supériorité est, ce que j'appelle moi, de la confiance en soi. J'ai appris à être fier de mes opinions et à les communiquer, contrairement à vous, je n'ai pas de traumatisme qui m'empêche de reconnaitre la beauté de certains compositeurs. Je vois que mon avis vous dérange et bien, je tiens à vous dire ma chère Sarah que je m'en contre-fiche.

Votre cher Aliocha

Le 17 août 19..

Cher Aliocha,

Comment osez-vous avoir de tels propos concernant une personne et une famille que vous ne connaissez pas. Je suis outrée par votre lettre. Ce que vous insinuez est faux. Vous ne connaissez pas un kopeck de ma vie. Je ne sais pas ce qu'il se passe dans votre vie en ce moment mais je ne suis pas ici pour ramasser votre colère. Je commence par en avoir assez de devoir m'expliquer sans cesse à travers des lettres que vous lisez à moitié et qui seront certainement jetées à la poubelle. Vous n'avez aucune connaissance des classes et vous parlez sans réfléchir. Si pour vous les prolétaires souffrent plus que les bourgeois, c'est votre affaire, mais n'oubliez pas que nous n'en restons pas moins des Hommes. Évaluer le malheur et le respect en fonction d'une classe est indigne d'une personne éduquée. Je suis écœurée par votre lettre, blessée au plus haut point. Je ne vous aurais jamais cru capable d'une telle outrance, moi qui ai toujours fait preuve de gentillesse et de considération pour vous. Je peux aussi bien que vous, lorsque ça me chante, avoir recours à quelques sarcasmes, mais ils sont placés dans un contexte d'amitié ou peut-être plus Dieu m'en pardonne, dans le but de vous faire rire, jamais de vous humilier. J'ai honte à présent de vous avoir accordé autant de temps et d'énergie. Comment ai-je pu me faire duper par votre mystérieux manque de respect ! Vos yeux ne sont qu'un leurre pour les cœurs comme le mien. Je vous déteste, je n'ai jamais haï quelqu'un autant que vous et je ne souhaite plus vous parler. Je vous prie de ne plus m'écrire ou de plus entrer en contact avec moi.

P-S: Je tiens à vous dire qu'une fois de plus vous vous trompez. Effectivement, les livres de Simone de Beauvoir embellissent ma bibliothèque, mais sachez que je n'ai pas

encore pris le temps de les lire. J'attendais d'avoir une raison de détester les hommes pour le faire et vous venez de
me la donner.

Adieu, Sarah

Le 17 août 19..

Chère Madame Debussy,

Je crois que je suis en train de tomber amoureux de vous, et je n'aime pas ça.

Que vous êtes susceptible ! C'est insensé ! Vous dites que je ne relis pas vos lettres, mais vous non plus ! Si vous aviez pris le temps de lire correctement, vous auriez lu que je disais la même chose de ma propre famille. Je ne me suis pas défini comme prolétaire mais comme un artiste, ce qui revient au même, un artiste est un artisan, et un artisan est un ouvrier. Vous voyez, je sais réfléchir peut-être même aussi bien que vous. Vous êtes tout le temps fâchée et vous n'avez même pas la présence d'esprit de vous dire que je plaisante dans le simple but de vous faire rire. Nous ne sommes plus des enfants, mais qui a dit que nous devions agir uniquement en adultes ? Savez-vous pourquoi nous aimons tant regarder les enfants ? Car ils nous rappellent notre curiosité, notre découverte du monde, ils nous apportent ce que l'homme ne voit plus une fois adulte. Et bien moi, j'ai décidé de ne pas être de ces hommes, j'ai toujours voulu m'éblouir de tout ce que je vois. J'aime vous embêter, car vous avez l'air triste. Vous avez besoin d'être aimée par quelqu'un d'autre que votre mari. Quelqu'un qui passe du temps avec vous et qui ne vous demande rien en échange. Je vous pousse à bout parce que je ne veux pas que nos échanges s'arrêtent, parce que j'aime lire vos lettres et vous imaginer lire les miennes. J'aime vous énerver car vos réponses regorgent alors de passion. J'aime passer du temps avec vous, prendre le temps de vous écrire, et vous donner envie de m'écrire à nouveau. J'aime vous parler de littérature, de musique, de ma vie. Vous pensez bien que si je passe autant de temps à vous écrire, ce n'est pas parce que je ne vous aime pas, au contraire. Le fait de savoir qu'il aurait pu se passer quelque chose entre nous me trouble et crée en moi une mélancolie que je ne parviens pas à exprimer. Le temps joue tellement sur notre vie. Nous avons peut-être manqué quelque chose et le fait d'apprendre à vous connaitre, de voir que nous partageons autant d'intérêts communs, fait trembler mon cœur de rage mais aussi de regrets. Si nous ne pouvons pas remonter le temps, nous pouvons en créer un autre et faire en sorte que notre amitié devienne une œuvre parfaite.

P.-S. : Trouvez dans cette lettre un quatre mains que j'aimerais jouer avec vous, si vous acceptez de me revoir.

À bientôt,

Aliocha

Le 21 août 19..

Madame Debussy,

Êtes vous encore fâchée contre moi ?

Aliocha

Ma chère Maman,

Je te remercie pour ton accueil, te voir m'a fait le plus grand bien, et tu me manques déjà. Je t'écris cette lettre pour te demander de bien vouloir m'excuser d'avoir autant parlé d'Aliocha pendant mon séjour. Hier, je suis allée travailler à la librairie, j'ai beaucoup de travail à rattraper, Vladimir est épuisé et je culpabilise de l'avoir laissé seul aussi longtemps. Il aurait toutes les raisons du monde de prendre une autre jeune fille pour l'aider. Il te remercie pour l'écharpe et le pull que tu lui a tricoté, il lui plait beaucoup ! Je lui ai proposé de me laisser la boutique une semaine pour qu'il puisse prendre soin de sa femme et peut-être partir quelques jours en dehors de la ville.

Il s'est passé beaucoup de choses depuis que je suis rentrée à Pétersbourg, j'ai fait au mieux pour ne pas croiser Aliocha mais celui-ci a insisté. Comme nos retrouvailles furent étranges. Je ne m'en étais pas rendu compte que nous ne nous étions pas revus depuis des semaines. Nous nous écrivons tellement que nous avons l'impression d'être ensemble tous les jours, mais notre relation s'est faite à travers les lettres et c'est peut-être mieux comme cela.

J'ai finalement accepté de lui ouvrir la porte. J'avais devant moi l'homme qui m'avait parlé de la Chine, de Proust, qui avait dit qu'il était en train de tomber amoureux de moi. Quelle idiote je suis ! Nous sommes restés sur le devant de la porte nous regardant les yeux dans les yeux de longues secondes. Il resta debout au milieu de la pièce avec son chapeau dans les mains, les yeux rivés sur le piano. Il avait l'air absent et mal à l'aise.

— Vous avez joué mon quatre mains alors ? Je peux m'assoir ? demanda-t-il en s'asseyant.

Il reprit vite ses habitudes. Je levai les yeux au ciel, et alla dans la cuisine pour préparer le thé.

— Vous aimez ?

— Je vous demande pardon ?

— Le quatre mains que je vous ai envoyé ? Est-ce que vous aimez le quatre mains ? dit-il sur un ton accablé et impatient.

— Oui, il est pas mal.

— Je l'ai composé après un voyage en Égypte avec mon père, j'avais huit ans.

Il baissa la tête sur le piano. C'est lui qui avait l'air triste cette fois, j'avais envie de le prendre dans mes bras, son regard était pensif et troublé. Le silence était en train de s'installer confortablement, seul le contact des tasses que je posais sur mon plateau et le bruit de la bouilloire égayaient la pièce. Jamais je n'aurais cru que nous n'aurions rien à nous dire. Je posai le plateau sur la table lorsque dans un élan brusque Aliocha se leva.

— Laissez-moi faire, dit-il doucement.

Il prit la bouilloire et nous servit le thé, sans me regarder.

— Vous avez appris les bonnes manières dans une autre vie ? dis-je en voulant détendre l'atmosphère.

Il leva les yeux au ciel. Il goûta son thé qu'il posa presque immédiatement pour retourner au piano où il ajusta à nouveau mon tabouret à sa taille, agacé. Nous étions à quelques mètres l'un de l'autre, notre souffle s'accordait, mais nous ne disions rien, peut-être n'étions nous bon qu'à nous écrire. L'écriture mettait la distance nécessaire, ce que nous avions entre nous était unique, nous étions le miroir de l'un et de l'autre. Nous nous parlions en toute liberté, sans avoir peur des mots, même des plus désagréables, comme si nous nous connaissions depuis des années, comme de vieux amis ou comme de jeunes amoureux. Il ne pouvait rien se passer entre nous, le rêve resterait le rêve et l'écriture le seul moyen de le réaliser. Il jouait son morceau, s'il avait l'habitude d'être trop technique, sur ce morceau en particulier il ne l'était pas. Il jouait avec son cœur, et il était triste ce soir-là. Sa manière de jouer reflétait un élève studieux et passionné, la musique était un moyen d'exprimer ses sentiments pudiquement. En le regardant, je reconnaissais certains gestes de Monsieur Piège, la manière dont il soulevait sa main, en accord avec la pédale, la manière dont il accélérait, le doigté simple en apparence, mais si difficile à appliquer. Oui, il était technique, il était juste, calme et il devait beaucoup travailler. J'ai toujours pensé que la manière dont nous apprenons le piano ou un quelconque instrument de musique reflétait la manière dont nous organisons et préparons notre vie. L'apprentissage du piano nous permet de découvrir notre propre rythme et dévoile une grande partie de notre personnalité. Aliocha était calme, il connaissait ses partitions par cœur, son doigté était parfait et ses octaves cinglantes. C'était un homme qui ne se précipitait pas, qui était patient, et qui avançait petit à petit sur sa partition, pour un jour la jouer parfaitement, comme nous l'avait enseigné Monsieur Piège. On dit que lorsque l'on aime quelqu'un une forme de mimétisme s'installe. Il devait beaucoup aimer notre professeur. Aliocha donnait tout son cœur à la musique. Tous ces masques que nous nous donnons, tous ces arts dont nous avons besoin pour laisser parler notre cœur. C'est à la fois beau et triste. Beau, car notre souffrance crée un tableau, une mélodie ; un livre est triste car l'artiste se cache derrière son art, se refusant de vivre ses émotions. Il acheva le morceau puis baissa la tête, il resta quelques secondes dans cette position jusqu'à ce qu'il prenne une profonde respiration en se retournant vers moi.

— J'ai demandé à Pouchka de m'épouser…

Le silence avait gagné la pièce, mon thé ne réchauffait plus mes mains, un vent glacial serrait mon cœur, mon pouls se nourrissait de cette nouvelle, qui, joyeuse pour eux, était terrible pour moi. « Il fallait que je parle, que je dise quelque chose, briser ce silence insupportable, mais je ne pouvais rien faire, ni bouger ni parler, j'étais figée, stoïque, le temps c'était arrêté. Lui non plus ne disait rien et il était à présent trop tard pour dire quelque chose… Il se remit au piano et joua… longtemps. J'espérais que le morceau ne finisse pas. J'aurais dû parler, le féliciter, parler comme le font les gens, des préparatifs, de la bague, de la robe, de l'effet que ça doit faire pour un jeune couple de passer cette étape. Mais tout ce qui serait sorti de ma bouche aurait sonné faux. J'essayais de calmer les moulins de mon cœur en me disant que c'était le signe que j'attendais, celui qui mettrait fin à mes hardeurs. Il ne m'aimait pas, je m'étais trompée, j'étais seule à l'aimer. Mais je pensais à nos lettres, à ces histoires, à nos échanges, jusqu'aux derniers qui étaient pourtant si forts, émouvants et honnêtes. Il m'avait dit qu'il était en train de tomber amoureux de moi derrière un soupçon d'humour, mais le temps qu'il passait à m'écrire, les morceaux qu'il voulait jouer avec moi, les lettres qu'il m'envoyait, l'aveu que lui aussi avait été troublé par nos retrouvailles, tout cela, tout ce temps, tous ces échanges, ces confidences ne voulaient-ils rien dire ? Est-ce que je m'étais faite des idées ? Est-ce que j'étais folle de croire qu'Aliocha avait quelques sentiments pour moi ? Toutes ces pensées défilaient à une vitesse telle que je ne pouvais pas répondre à l'une sans oublier l'autre. J'étais troublée et je me sentais idiote. Idiote d'avoir imaginé qu'il éprouvait des sentiments pour moi, idiote d'avoir pensé que quelque chose était en train de se créer. Idiote d'avoir pensé à un avenir commun. Je remettais tout en question pendant ce morceau de piano. Je ne sais pas combien de temps il a passé à jouer, tout ce qui m'importait était de passer du temps avec lui, de le savoir auprès de moi, qu'il m'aime ou pas, sa présence m'était importante. Je sentais les secondes défiler, le temps était long et court à fois. Aliocha jouait pour lui, pour moi, peut-être pour Pouchka, il avait raison, je ne comprenais rien. Son morceau fut interrompu par Jean. Ayant appris l'heureuse nouvelle, il insista pour partager une coupe de champagne. Nous ne nous sommes pas adressé un mot, nos regards se croisèrent l'espace d'une seconde, dans le bruit brutal et sec du cristal. La nuit fut longue, j'étais incapable de penser à autre chose. J'avais donc tout interprété, je m'étais inventé un amour. Est-ce possible que mon ennui ait eu raison de mon jugement ? Le lendemain sur le chemin de la librairie, je pris le temps de respirer et de calmer mes pensées, la marche était une sorte de méditation. Le présent n'existe pas, la peine est seulement la retenue du passé. J'étais décidée à ne plus penser à lui. À la fin de la journée, Jean est venu me chercher et nous avons marché le long du canal de Pétersbourg. De jeunes enfants apprenaient à faire du vélo, d'autres accompagnaient leurs parents et Jean et moi étions main dans la main. C'est incroyable comme nous pouvons paraitre beaux et en bonne santé alors qu'à l'intérieur un torrent de larmes et d'incompréhension s'écoule. On ne connait jamais vraiment quelqu'un. Encore une fois, Aliocha avait raison. On interprète les paroles, les gestes, mais au fond notre énergie est secrète pour les autres et parfois pour nous même.

— Je t'aime tu sais ? me dit Jean. Nous sommes dans un des plus beaux endroits du monde, embrasse-moi.

Il m'embrassa en souriant et nous sommes rentrés tranquillement. Pendant que Jean faisait la cuisine, je me mise au piano, et sortis mes vieilles partitions de Strauss. C'est mon compositeur préféré, il y a tout dans sa musique, la puissance, l'amour, la joie, seulement aujourd'hui je le rendais triste. Quelle terrible erreur ! Je me souviens d'un livre où, sur une valse, deux personnages se disputent et se séduisent sans s'en rendre compte. C'est peut-être pour ça que j'ai mal interprété les paroles d'Aliocha, parce que les plus belles histoires d'amour commencent par des disputes, et le combat d'égo devient un combat d'amour.

Je ne pouvais plus m'arrêter de jouer, je n'entendais rien de ce qu'il se passait autour de moi, chaque note, chaque son, chaque page que je tournais représentait l'amour avorté que j'avais grande peine à accepter. Je nous voyais danser, rire, nous disputer, nous aimer au rythme de Chopin, de Liszt et de cet idiot de Debussy que je…

— C'est prêt ! dit Jean en posant les assiettes sur la table où tout à l'heure reposait la tasse d'Aliocha.

Mes doigts s'arrêtèrent comme pour annoncer la fin d'un rêve, la partition était réellement finie, j'avais joué deux heures, j'avais passé deux heures avec lui.

Quelques jours passèrent sans que nous prîmes de nouvelles l'un de l'autre. La librairie me donnait une activité qui me permettait d'avoir une utilité. Les jours continuaient comme si de rien n'était, ma peine ne faisait pas changer le monde mais mon cœur était noué. J'avais perdu beaucoup de poids, sans que personne ne s'en rende compte. C'est étrange comme l'amour, dans la passion comme dans la souffrance, se traduit physiquement de la même manière. Je reçus une lettre d'Aliocha. La table était prête, quelqu'un viendrait nous la livrer le lendemain. Le plus tôt serait le mieux, il était temps de changer de sujet et de passer à autre chose. Il était temps d'accepter que je me sois trompée et qu'il n'y avait rien, absolument rien à attendre de lui et de moi. Je m'étais suffisamment donné en spectacle. Le temps allait agir, il fallait attendre. Attendre que mon cœur se calme et qu'il reprenne son mortel ennui.

Le lendemain, je découvris au milieu de la pièce un colis. Je posai mes affaires et tirai sur les deux bouts de ficelle. Le nœud glissa et, comme une tulipe, le papier s'effeuilla. La table avait la forme d'un petit guéridon suffisamment grand pour accueillir un jeu d'échecs et la tasse de thé des joueurs. Le cèdre avait été verni en couleur auburn, cela faisait ressortir les sculptures plaquées or représentant les héros et héroïnes de la mythologie, Athéna et Ulysse, Orphée et Euridices s'étaient retrouvés, et découvraient notre monde. Le dessus de table était recouvert de marbre, gris anthracite et blanc de nacre, pour sublimer le sol des futures pièces d'échec. Le jeu était contourné par une fine tranche de bois brun foncé, habillé d'une fresque de lauriers dorés qui délimitaient l'entrée du jeu, comme si César avait pris possession du terrain. L'espace pour poser nos tasses était de style anglais. Le bois était protégé par un tissu de velours vert émeraude. Je touchais la table comme pour enlever la poussière, l'objet était doux et immaculé, ma main glissait comme sur le corps imberbe d'un dieu. Ce bois contenait une énergie folle canalisée par le marbre. J'étais éblouie par tant de beauté, s'il n'y avait que moi je viderais la pièce entière pour qu'on puisse admirer cet objet, il représentait tout pour moi, je n'avais jamais vu quelque chose d'aussi beau. Une larme coula sur le marbre, en l'essuyant je découvris une inscription taillée finement, comme la pointe d'une épée. Il était inscrit :

Pour Madame Debussy.

La marque était presque invisible, seuls le toucher et un rayon de lumière bien placé, pouvaient permettre sa lecture. On peut contrôler ses sentiments mais on ne peut pas mentir à son cœur. Toutes les larmes du monde à cet instant n'auraient pu éteindre les flammes qui crépitaient à l'intérieur de moi.

Voilà ce qu'il s'est passé ces derniers jours, chère maman, cela fait beaucoup pour un cœur comme le mien. Pourquoi l'amour doit-il gâcher le bonheur installé ? Il me faudra du temps pour me redonner confiance. Maman, je te promets que je serai raisonnable.

À bientôt,

Sarah

Le 27 août 19..

Ma chère petite fille,

Que je suis triste de te savoir en proie à ce genre de sentiment ! Tu n'as rien à te reprocher. Ton cœur s'exprime, tu es jeune et c'est bien normal. N'essaie pas de le retenir, accepte tes émotions comme elles viennent. Lorsque tu seras de nouveau rongée par le doute, utilise ta raison, ou écris-moi. Parlez à quelqu'un ou d'écrire ses pensées font beaucoup de bien. C'est d'ailleurs la catharsis des artistes.

Je t'embrasse ma chérie.

Ta maman.

Chère Madame Debussy,

Sans nouvelles de votre part, je commence à croire que mon travail n'est pas celui que vous espériez. Si c'est le cas, veuillez me le faire savoir et je ferai en sorte de l'améliorer.

J'aimerais aussi vous parler, mais je ne souhaite en aucun cas voler votre temps pour le rendre misérable. Si mes dernières lettres vous ont froissées, sachez qu'elles étaient pour vous distraire, non pour vous blesser. J'aime votre liberté. Si parfois je m'en suis amusé sachez que n'était pas mon intention, j'ai beaucoup trop de respect pour vous, sincèrement.

Votre Aliocha

Cher Aliocha,

Je vous prie de vouloir excuser mon comportement. Je vous avoue que votre attitude m'a blessée à de nombreuses reprises Je vous ai trouvé arrogant, impoli Je suis venue à douter de votre sincérité. Riez en disant que je suis paranoïaque ! Quitte à passer pour une idiote, je vais m'ouvrir à vous.

Je souhaite vous présenter mes excuses, concernant la réaction que j'ai eue à l'annonce de votre mariage. Mon silence était inapproprié, je suis ravie de vous savoir heureux avec la femme que vous aimez. Mon Dieu, Aliocha, je ne sais comment vous dire ce que je ressens, mais je ne peux plus vous mentir, me mentir. Depuis que nous nous sommes revus, je prends trop de plaisir à vous écrire. Je n'attends qu'une chose : votre courrier. J'aime vous lire et me disputer avec vous. Grâce à vous, je retrouve ma fougue et mes souvenirs de jeunesse. Je crois avoir développé des sentiments pour vous. Vous comprendrez aisément que je les réfute et que vous m'exaspérez bien plus que je ne vous aime. Mais je crois là encore me tromper. Comme vous l'avez dit vous-même dans une de vos lettres « si je ne vous aimais pas, je ne prendrais pas le temps de vous répondre », ou à jouer vos partitions stupides. Mes envies sont devenues les vôtres sans que je le désire et sans que je puisse le contrôler. Je vous assure Aliocha que je n'ai jamais voulu cela, que ce que je ressens n'est pas volontaire et je ne peux en aucun cas expliquer l'énergie qui me lie à vous. Je n'ai encore jamais ressenti cela, et je suis troublée dans ma vie, dans mon cœur, dans mes pensées. Je me refuse à dire que je vous aime. Mais je dois me l'avouer, vous l'avouer pour espérer faire sortir ce sentiment, honteux dans la situation dans laquelle nous sommes. L'annonce de votre mariage a été un coup de tonnerre, quelque part j'avais espoir que vous ressentiez la même chose que moi. Cette nouvelle m'a fait comprendre que je me faisais des idées. Oh, vous devez vous dire que vous êtes un sacré Don Juan, pour avoir retourné le cœur d'une fille avec votre arrogance et votre impolitesse. Que je suis stupide ! Comment ai-je pu me faire prendre au jeu d'un homme tel que vous ? Ne vous offensez pas, je ne pense pas un mot de ce que je viens d'écrire. Tout cela n'est qu'orgueil de ma part et je suis plus déçue de moi que de vous. S'il vous plait, ne riez pas de moi. Je ferai de mon possible pour tenir éloigné mes sentiments et j'espère que ceux-ci s'effaceront au rythme des saisons. En aucun cas je ne souhaite entretenir une relation qui pourrait briser des cœurs, c'est pourquoi je vous demanderais de respecter la distance que je m'impose à votre égard. Mon Dieu vous rendez-vous compte de l'ironie de la chose, j'ai attendu que vous m'annonciez vos fiançailles pour vous faire part de mes sentiments ! Cher ami, j'espère que vous me pardonnerez cet excès d'amour et que vous comprendrez qu'une femme, à l'inverse d'un homme, peut être plus sensible aux marques d'intérêt que vous ne le croyiez. Brûlez cette lettre, vous me ferez plaisir et oubliez là.

Je vous souhaite toutes mes plus sincères félicitations et tout le bonheur du monde. Pouchka a beaucoup de chance d'avoir à ses côtés un homme comme vous.

P.-S. : Concernant la table, elle est parfaite, je n'aurai pas rêvé mieux. Merci.

Bien à vous,

Madame Debussy.

Chère Sarah,

Croyez bien que je n'ai pas ri à la lecture de votre lettre. Je ressens la même chose que vous. Je prends beaucoup de plaisir à vous lire et vous écrire, comme je vous l'ai dit. Depuis des mois, j'attends votre courrier et je tremble à l'idée d'avoir été trop loin dans mes propos, ou pas assez. Une lettre sans réponse de votre part me rend impatient. Je ne sais pas si ce que je ressens pour vous est de l'amour, mais je ressens quelque chose de fort, je ne peux le nier. Il n'y a qu'à vous que j'ai envie de parler. Dès que je lis un livre, je me demande si vous l'avez lu, si vous aviez envie de le lire, ce que vous en avez pensé. Une des dernières fois où nous nous sommes vus, après une petite crise dont vous êtes coutumière, vous m'avez laissé seul dans votre salon. J'ai eu le plaisir de regarder votre bibliothèque, elle est presque identique à la mienne. Nous avons beaucoup plus de choses en commun que nous le pensons. Lorsque vous étiez chez votre maman, je n'ai pu m'empêcher de me procurer certains livres de votre bibliothèque que je ne connaissais pas, aujourd'hui ils trônent sur ma table de nuit. Je me suis même mis à jouer Strauss et Chopin alors que je déteste les valses. Il ne se passe pas un jour sans que je ne pense à vous. Mais cela ne change pas les sentiments que j'ai pour ma fiancée, et je pense que vous et moi sommes dans le même cas. Vous avez une relation d'exception avec Jean. Lorsque je vous vois tous les deux, je ne peux m'empêcher de voir un couple beau et heureux. Le temps que nous avons mis à créer ces unions, ne peut pas éclater à cause d'un sentiment désireux d'être possédé. Ne doutez pas que si j'avais su quelle femme vous étiez avant de connaitre Pouchka, j'aurais remué ciel et terre pour vous plaire. Malheureusement, le temps nous à fait défaut il y a quelques années, et nous fait défaut à nouveau aujourd'hui. Ce que je vis avec Pouchka ne ressemble en rien à la relation que nous partageons. Vous ne vous ressemblez pas et le comportement que j'ai avec elle n'est pas celui que je tiens avec vous. Je ne partage peut-être pas les mêmes centres d'intérêt qu'elle, nous n'avons pas peut-être la même alchimie que vous et moi, je ne suis peut-être pas aussi sincère et libre, que je le suis avec vous, mais je l'aime et elle m'aime plus fort que tout. Elle est ce dont j'ai besoin. Sans elle, je ne serais qu'un artiste fâché avec le monde et miséreux de voir son art incompris. Grâce à elle, je suis un chemin qui me plait, un chemin qui me sort de ma rêverie et qui fait de moi un homme. Comprenez-vous ?

Je vous aime, mais d'un autre amour. Je vous aime parce que vous faites revivre une partie de ma vie, parce qu'avec vous je retrouve la liberté, l'humour, l'espoir, la naïveté. Je ne souhaite pour rien au monde perdre la relation que nous avons. J'aime Pouchka comme vous aimez Jean. Même si mes paroles sont dures à entendre, elles prendront leur sens dans quelques heures, dans quelques mois, quelques années, je vous le jure. J'ai pris la décision de me marier car je me suis rendu compte, quelque part grâce à vous, que je désirais autre chose à mon âge. Je désire profondément m'installer et créer une famille. Malgré le désir fou que j'ai d'être avec vous, revenir en arrière et tout recommencer n'est pas une solution pour moi. Croyez bien que j'ai retourné notre situation un nombre incalculable de fois dans ma tête.

Chère Sarah, je sais que votre ouverture de cœur et d'esprit me comprendra, vous et moi sommes le miroir de l'autre. Je n'ai jamais connu de femme comme vous et ce que je ressens va au-delà de mon attirance physique Vous êtes avec moi tous les jours depuis que je vous ai retrouvée, et vous serez avec moi toute ma vie, dans mon cœur, dans mon âme, même si vous décidez de partir. Parce que vous allez partir, je le ressens. Nous sommes tous deux dans la même position. Auriez-vous quitté votre mari pour découvrir avec moi, ou un autre, une partie de plaisir qui ne durerait peut-être pas ? Auriez-vous pris ce risque ? Le risque de tout quitter pour moi ? De tout reprendre à zéro ? Je ne le pense pas et de mon côté comme je vous l'ai expliqué, je ne le ferai pas. Nous sommes tous deux philosophes, et conscients, du désir et des défis de la vie. Nous passons peut-être à côté d'une belle histoire mais je ne suis plus à un âge où je souhaite prendre des risques. Il y a quelques années, j'avais eu une discussion similaire avec un précieux ami. Celui-ci me disait qu'un jour il avait rencontré lors d'un de ses voyages, une femme parfaite, elle était d'origine indienne. Ils parlaient pendant des heures, partageaient l'amour de la chair dans une communion unique, ils étaient connectés en tous points, mais les deux savaient que ce n'était pas leur moment. Ils se sont quittés, ont retrouvé chacun leur pays, mais ne se sont jamais oubliés ou regrettés. Si mon ami était encore en vie, je suis sûr qu'il me parlerait d'elle avec amour, mais sans regret.

Si vous souhaitez ne plus me parler, je comprendrai, mais sachez que j'aime parler avec vous, et que je ne veux pas perdre notre relation. Si vous me dites que je veux le beurre et l'argent du beurre, vous avez raison. Mais nous pouvons aussi faire de notre relation une partition unique, au-dessus de notre condition. aussi faire de notre relation une partition unique, au-dessus de notre condition.

P.-S. : « Madame Debussy » n'est pas le seul secret de la table.

Bonne nuit Sarah.

Votre Aliocha

*
*   *

Cher Journal,

Voici les quelques lettres que le temps m'a permis de conserver. J'aimerais pouvoir m'enfermer dans une pièce avec elles et ne pas en ressortir, j'aimerais rêver indéfiniment de ce temps, sans me réveiller. Comme tout le monde, je souhaiterais mettre le présent sur pause et parcourir le passé comme nous le faisons maintenant avec la technologie. Peut-être un jour pourrons nous le faire, peut-être que je pourrai revoir ces souvenirs et les rejouer devant mes yeux. Peut-être qu'un jour je pourrai sentir de nouveau les fourneaux de maman, et le café au lait de papa, lorsqu'il lisait son journal le matin, peut-être qu'un jour je pourrai entendre à nouveau Aliocha jouer au piano. Tout ce temps consumé, chaque seconde qui défile est une ride de plus sur la matière qui enferme mon âme. Chaque seconde me rapproche de plus en plus de l'éternité. Un jour, ces lettres seront des cendres et danseront avec moi sur le rythme des particules de poussières, qui furent un jour des particules de vies.

Un jour, nous serons infinis.

Le temps est passé cher journal, aujourd'hui ma vie ne ressemble plus à ce que le papier a absorbé. Je vis à Paris, mes enfants sont grands et sont sortis avec leurs amis. Jean est dehors en train de couper du bois pour l'hiver, il fera froid, très froid, trop froid pour réchauffer le sang qui stagne dans mes veines. Maman n'a jamais été aussi proche de moi, sa voix résonne dans ma tête comme celle qui nous accompagne notre lecture. À côté de moi je retrouve mes fidèles amis, ceux qui ont traversé les siècles, Doestoievsky, Tchekhov, Zweig… Un vieux gramophone habille la pièce des voluptés de Bach, le son est très bas comme le ronronnement d'un chat. Je regarde par la fenêtre, aujourd'hui est une belle journée d'hiver, un temps pour respirer le peu d'air pur qu'il reste sur notre terre, le vent fait bouger la branche sèche que je vois depuis mon lit. La petite feuille qui était sur le point d'éclore est en train de geler. Lorsqu'il fera plus chaud elle reprendra sa course, car elle a compris qu'il ne sert à rien de forcer la nature, qu'il faut s'adapter à elle, et non l'inverse. Nous autres avons la prétention de croire que nous pouvons tailler n'importe quelle forme sous prétexte que notre race est supérieure. Comme nous avons tort. Rien ne nous appartient. Et en relisant ces lettres, je m'aperçois que nos émotions ne nous appartiennent pas plus. Nous pouvons les contrôler, ou du moins apprendre à le faire, mais nous ne les dirigeons pas. Nous sommes entièrement dépendants d'une force qui nous dépasse et notre ego nous empêche de nous en rapprocher. Les stoï-ciens avaient tort, rien ne dépend de nous, ni nos actions ni nos pensées. Il nous est libre de les contrôler seulement. Comme lorsque j'écris ces mots. J'aimerais pouvoir dire que je suis consciente de ce que j'écris que j'y ai réfléchi, mais ce n'est pas le cas, je dois accepter d'être contrôlée par une énergie. Ma matière est simplement l'outil de travail de ma pensée.

Voilà ce que j'ai compris avec mes années de vie, j'aime-rais en dire plus, mais je n'en ai plus envie. C'est en contrô-lant mon enveloppe, socialement et rationnellement, que j'ai pu construire cette famille dont je suis fière et qui aurait rendu mes parents heureux. C'est en donnant à ma matière l'éducation et les outils nécessaires, que je n'ai pas trop souffert. J'ai accepté que ma vie soit dictée par mes choix et non par la nature, et malgré cela ma vie fut belle. Je me suis donnée l'illusion d'être libre dans les contraintes et je ne le regrette pas. Comme le dit Aliocha, je suis comme son ami disparu, je ne regrette rien car j'ai vécu avec les pouvoirs qui sont donnés à l'Homme : le contrôle de sa liberté et de ses choix.

Il y a quelques années, quelques mois avant la naissance de mon premier enfant et le début de la maladie de maman, je suis devenue propriétaire de la librairie de Pétersbourg. Vladimir me laissait seule de plus en plus souvent jusqu'à ce que je sois en mesure de gérer complètement son établissement. Sans que je m'en rende compte il s'éloignait de plus en plus. Sa gentillesse était sans nom, il m'aidait dans toutes les tâches et était disponible du matin au soir. La maladie de son épouse empirait, parfois je le voyais rentrer dans la boutique les yeux brillants de larmes, j'aurais aimé le prendre dans mes bras, mais le protocole russe veut que nous gardions nos misères et laissions les autres gérer les leurs. Lorsqu'il était en boutique, il travaillait doucement, touchait les livres avec une noblesse et une élégance qui rendrait jalouses toutes les danseuses du bolchoi. Plus le temps passait, plus ses gestes, ses paroles devenaient élégance, il épousait le temps, si tant est qu'une épouse soit digne de lui. Un jour, Vladimir me demanda de lui tendre la main, il y posa une clé en or. Il leva les yeux, et comme un père, il me dit « Je suis fière de toi, princesse. ». Habituée à gérer mes émotions avec humour, je ne vis pas la sienne. Il me caressa la joue de ses mains douces et viriles de travailleur, et jeta un dernier regard sur sa boutique. Je n'ai pas pu voir ses yeux, car en baissant la tête, sa vieille casquette masquait son visage. Lorsque la cloche sonna son départ, je repris mon travail. Le lendemain, j'appris par les journaux qu'un vieil homme et sa femme s'étaient donné la mort dans leur appartement. Ils se tenaient la main, et étaient partis sans souffrance, dans le silence glacial d'un coup de canon. J'ai mis des mois, des années, une vie à ne jamais me remettre de cette nouvelle.

Natasha décéda quelques années après, d'une longue

maladie. Pouchka et Aliocha décidèrent de vendre l'appartement pour acheter une maison dans le sud de la France et élever leurs enfants. Natasha m'avait donné une partie de son héritage ce qui nous permit à Jean et moi de racheter l'appartement dans lequel elle vivait. C'est en récupérant l'appartement de Natacha que je récupérai les lettres que j'avais envoyées à Aliocha. Il les avait gardés dans une boite qu'il me donna avant de partir. De toutes ces années, je n'ai jamais rencontré Pouchka. Je n'ai aperçu qu'un immense voile de capeline noir et une partie de ses cheveux, mais j'ai senti son énergie, il avait raison, c'était une femme forte qui contrôlait sa vie en partageant son rythme avec les autres. Aliocha et moi n'avons plus correspondu. Mais nous nous sommes revus, une fois. Si mon cœur avait encore la puissance d'accélérer, croyez qu'il le ferait au souvenir de ce moment.

Jean était parti quelques jours à Moscou, Pouchka avait accompagné sa maman à Paris pour signer quelques papiers et profiter de la ville à Noël. Aliocha et moi étions seuls, séparés par un simple escalier. Des années étaient passées, et nous n'osions plus entretenir le dialogue de peur de raviver une flamme éteinte. Un soir, j'avais sorti toutes mes vieilles partitions de musique. Je profitais d'être seule pour faire résonner le corps de mon piano, jusqu'à ce qu'un livre tombe de ma bibliothèque pour s'installer au pied de ma belle table d'échecs. Je ne sais pas ni pourquoi ni comment est tombé ce livre. Maman disait que lorsqu'un objet tombait sans raison, cela était annonciateur d'une mort prochaine. Mon cœur commençait à battre, et je ne pus m'empêcher d'entonner une courte prière. Je me levai pour ramasser « Bel Ami » ouvert sur mon passage préféré :

« Il descendit avec lenteur les marches du haut perron entre deux haies de spectateurs. Mais il ne les voyait

Cela faisait des années que je n'avais pas relu cette phrase. Je n'ai jamais su pourquoi ce passage plutôt qu'un autre avait trouvé cette place. En me relevant, mon genou cogna la table qui faillit tomber avant que je ne la rattrape. Les pièces d'échec, représentant les personnages Homer n'avaient pas bougé. Je reposai le livre et me remis au piano. Debussy. Un soupir m'échappa, je n'avais pas envie de jouer et pourtant, comme Georges Duroy, ma pensée revenait en arrière, et devant l'éclatante bougie qui éclairait une partie de mon salon flottait le souvenir d'Aliocha. Je commençais à jouer. Quelques minutes plus tard, un poing résonna contre la porte d'entrée et une lettre glissa sur le sol. Un sourire éclairait mon visage fatigué et sécha la larme qui naviguait au milieu de mes rides, mon cœur se serra aussi fort qu'il le put, je sautai de ma chaise comme un animal :

« Chère Madame Debussy.

Jamais vous ne saurez jouer Clair de Lune.

Vous me cassez les oreilles.

Votre Aliocha »

J'ouvris la porte, il bondit dans mon appartement.

— C'est incroyable que vous ne compreniez pas ce morceau ! Il est pourtant simple, dit-il en s'installant au piano.

Je fermai la porte derrière lui. En l'espace de quelques

secondes, mon visage avait rajeuni.

— Vous voulez du thé ? demandais-je.

— Chut… je suis occupé.

Je fis chauffer de l'eau et prépara deux tasses avant de m'installer sur un fauteuil pour l'écouter.

— Qu'est-ce que vous faites ?

— Je vous écoute.

— Vous n'avez rien de mieux à faire ?

— Oh, ce n'est pas vrai, vous n'allez pas commencer !

— Taisez-vous et venez vous assoir à côté de moi, dit-il en accompagnant sa parole d'un geste.

— Vous prenez trop de place sur le tabouret, je ne pourrai pas m'assoir.

Il leva les yeux au ciel et se poussa. Je me levai pour le rejoindre, mais lorsque je fus assise, il se leva et alluma une cigarette, je manquai de basculer du tabouret.

— Vous plaisantez ?

— Quoi ? On n'a pas le droit de fumer chez vous ?

— Vous me faites venir au piano et vous partez quand j'arrive !

— Ne soyez pas impatiente, je vais revenir, dit-il en posant sa main sur mon menton.

Je lui ôtai sa main d'un geste rapide.

— Vous avez des allumettes ? Un briquet ? Du feu ? ne vous dérangez pas, j'ai trouvé, dit-il en allumant sa cigarette sur la bougie qui était en train de se consumer sur le piano.

Il avait beau s'être passé des années, c'était comme si

nous ne nous étions jamais quittés, il m'agaçait autant qu'au premier jour. Je commençais le morceau, je savais très bien qu'au bout de quelques minutes, il allait me faire un reproche et me dire que je ne comprenais rien. Ça n'a pas manqué ! Il me poussa d'un coup de rein et s'installa à mes côtés en prenant plus de la moitié du tabouret.

— Je vous avais dit que vous preniez trop place.

— Et moi je vous ai déjà demandé de vous taire. Je prends la main droite, vous la gauche. Un, deux, annonça-t-il en donnant un petit coup de menton en direction du piano.

— Vous êtes trop rigide. Plus souple votre main, dit-il sur un ton autoritaire comme celui de Monsieur Piège.

— Vous pourriez être plus poli.

— Pourquoi faire ? Paranoïa comme vous êtes, vous allez encore croire que je suis amoureux de vous…

Je me levai de ma chaise. S'il m'avait donné une seconde de plus je lui aurais brisé les mains avec capot mais il me retint et me fit rassoir à côté de lui d'un geste sec. Il posa sa main sur mon visage et approcha ses lèvres qu'il posa sur les miennes. Je n'avais pas senti mon cœur battre aussi fort depuis des années. Je ne sais pas combien de temps avait duré notre baiser, mais suffisamment pour satisfaire nos retrouvailles. Je posais ma main sur son épaule, et écourtai ce moment que j'avais tant désiré. Nos yeux se rencontrèrent pour la première fois. Ce n'était pas mon cœur qui dictait mes mouvements mais ma raison, nous savions qu'à l'instant où nous détournerions le regard ce moment serait passé, mais qu'il nous appartiendrait à jamais. Il me laissa me lever et je partis faire notre thé avec le peu d'eau qui restait dans la casserole. Il se remit au piano et joua la Polonaise N15 en B mineur de Chopin. Il la jouait très mal, beaucoup trop vite et beaucoup trop fort. Je versai le thé et m'installai à la table d'échec.

— Arrêtez de massacrer Chopin et venez jouer avec moi.

Il s'arrêta net, voulut sûrement me rétorquer qu'il savait parfaitement jouer Chopin, mais garda sa remarque pour lui. Il ralluma sa cigarette et en avançant vers moi m'en proposa une, je l'acceptai. Ses yeux étaient brillants et amusés, comme la première fois où nous nous étions revus dans la boutique. Je lui proposai du feu avec un beau briquet de salon en marbre que maman m'avait offert. Il alluma sa cigarette et me laissa allumer la mienne, ce n'était pas élégant. Il avança un pion sur la table d'échecs, j'en avançais un, nous commencions la partie, chaque avancée nous rendait plus sérieux, nous devenions passionnés par le jeu, aucun de nous ne voulait perdre, nous avions presque oublié qu'il y a quelques minutes nous partagions un moment d'intimité. Les heures passèrent, les pions s'effacèrent. De temps en temps, pour me déconcentrer, il frappait mon pied de la pointe de sa chaussure et me racontait des anecdotes de sa traversée grecque. Ulysse avait perdu Athéna, nous arrivions tous deux dans une impasse. Aliocha haussa les épaules, alors qu'il était sur le point de sortir une autre cigarette de son étui, je me levai pour lui apporter une boite de cigares, il était ravi. J'allumai notre gramophone pour y placer la musique de Petite Fleur, on se serait cru dans un film.

— Ne me dites pas que vous n'aimez pas Barber, pour l'amour de Dieu. Ayez un minimum de bon goût pour une fois, dis-je après avoir vu une grimace sur son visage.

— Je n'ai jamais dit que je ne n'aimais pas Barber ! Encore une fois vous interprétez mal ce que je dis, me dit-il en tirant dans sa cigarette.

— Arrêtez de radoter toujours les mêmes choses, vous commencer à être très prévisible et je déteste ça.

Il se leva pour faire des tours dans l'appartement comme s'il cherchait quelque chose.

— Que faites-vous à tourner en rond comme ça ?

— Je cherche du bourbon et comme vous ne me le proposez pas je compte bien le trouver moi-même !

C'était mon tour de lever les yeux au ciel. Je lui apportai un verre et la bouteille tant désirée.

— Vous ne prenez rien ? me demanda-t-il en voyant que je lui tendais qu'un seul verre.

— Je n'aime pas le bourbon, et si vous étiez un gentleman vous m'auriez demandé ce que j'aime boire au lieu de ne penser qu'à vous comme d'habitude.

— Décidément, vous êtes douée pour faire des reproches, mais pas pour proposer des boissons convenables.

— Est-ce que vous voulez que je vous laisse seul dans l'appartement comme la dernière fois ?

— C'est une menace ?

— Vous aurez tout le loisir de fouiller ma bibliothèque pour vous instruire, je vous conseille le manuel des bonnes manières.

Il se dirigea vers la cuisine et commença à mélanger dans un shaker plusieurs alcools, après quelques minutes et beaucoup de bruit pour rien, il me tendit un verre.

— J'aurai préféré un Gin-Tonic, ou un Martini, mais comme mon avis ne vous intéresse pas !

— La seule manière de vous faire taire et de vous embrasser si je comprends bien ?

— C'est pour me faire taire que vous m'avez embrassé ?

— Absolument…

Il n'eut pas le temps de continuer sa phrase que je lui envoyais sa mixture au visage. J'avais toujours rêvé de faire ça et le moment était parfait. Tellement que nous nous sommes mis à rire. Je pris un mouchoir et l'aida à essuyer l'alcool. Il ôta mon mouchoir et m'embrassa à nouveau en me serrant fort contre lui. La musique s'était arrêtée après la dernière chanson de l'album, nous savions qu'il était temps de nous séparer. Ma main se détacha et lentement il relâcha la pression qu'il donnait pour serrer mon corps contre le sien. L'aube était en train de donner de la couleur à notre nuit blanche. Il était temps de nous séparer, je l'accompagnai jusqu'à la porte. Nous savions que nous ne nous reverrions plus avant un long moment. Pouchka serait de retour dans quelques heures, Jean dans quelques jours, aucun de nous n'était coupable. Nous ne mettions la faute ni sur l'amour, ni sur l'un, ni sur l'autre. Pour nous tout n'était qu'une question de temps. Et nous nous étions appropriés un petit peu de celui-ci.

Cette nuit clôt notre relation et nos échanges, j'ai gardé pour marque-page le dernier billet qu'Aliocha avait glissé sous ma porte. Je ne saurais jamais jouer Debussy, qu'importe, lui ne savait pas jouer Chopin. Cette nuit là, je décidai de fermer les rideaux et de passer la nuit avec un livre que j'aimais, je retournai à la bibliothèque et sortis le Maupassant qui était tombé plus tôt dans la journée. En me retournant, je vis briller quelque chose sous la table. Au milieu de ce petit guéridon était tombée une scintillante pierre de jade, reliée par un petit fil usé. Je pris la pierre gemme dans la main, j'avais déjà entendu parler de cette pierre. Pouvait-elle être celle qu'Aliocha avait ramenée de Chine ? Je regardais le jade, émue. Il avait raison, elle avait quelque chose d'unique, une énergie incroyable. C'est amusant l'attirance qu'ont les Chinois pour une pierre banale au premier abord. Elle n'a pas la valeur d'une émeraude et ne tue pas autant que les diamants, et pourtant… depuis des années, elle renferme des secrets, une attraction invisible mais palpable. Je ressentais toute cette histoire dans ma main, et dans ma tête résonnaient les mots d'Aliocha : « Il sera elle, comme si l'homme et la femme ne faisaient qu'un, ce que nous fîmes pendant un moment. » Je me souvins de nos baisers, ils étaient remplis d'histoire et d'amour, nous avions besoin de savoir que l'autre était là et qu'il serait toujours là, immortalisé par cette soirée, par nos lettres. C'était la dernière fois que je vis Aliocha. Demain serait un autre jour.

Je ne savais pas ce qu'il était devenu, jusqu'à ce jour. Sur moi était posé le journal, ouvert à la rubrique nécrologie. Cela fait quelques jours maintenant que je ne prenais plus la peine de descendre pour prendre mon petit déjeuner. Je préférai rester au lit pour dormir le plus longtemps possible et pour rêver. Dans les rêves, nous pouvons tout faire, il n'y a pas de limites, pas de lois, le rêve est la liberté absolue de l'inconscient. Je me réveillai et restai dans mon lit à rêver de la journée que je pourrais avoir, je rêvais de revoir mes parents, de diner avec eux, de parler de philosophie, de l'actualité, de mes peurs, je rêvais de Jean et me rappelais nos voyages, nos amis. Dans mes rêves je retrouvais Natasha, Vladimir, mon salon à Pétersbourg, mon vieux piano qui a brulé dans un incendie depuis, je pensais même à Albert et ses deux enfants devenus pour l'un banquier et pour l'autre théologien. Pourquoi me lever de mon lit alors que tous les gens que j'aime sont à la portée de mes paupières. Pourquoi vivre alors que je peux rêver ?

Je serrais dans ma main la pierre que j'avais gardée à mon poignet tel un chapelet depuis toutes ces années, des picotements se firent sentir dans ma main, je ne savais pas s'il s'agissait de l'effet de la pierre ou d'un dernier effort du cœur mais je fermais les yeux. Et pour calmer une angoisse montante, je me concentrai sur les notes de Bach. En fermant un sens, un autre s'agrandit, la musique paraissait plus forte tout d'un coup, j'entendais le bois que Jean était en train de couper, et le cri des corbeaux, je pensais maintenant à Poe, un rêve dans un rêve, une brume sur un château abandonné, un arbre nu sur une colline, les Hauts de Hurlevent, Éole rafraîchissant la sueur de mon front. Mon cœur se serrait de plus en plus, ma respiration devenait plus faible, je n'avais pas senti cette sensation depuis Aliocha, depuis ce moment où il posa sa main sur mon visage, l'odeur de sa cigarette m'endormais, les volutes dansaient devant mes yeux, je me laissais porter par leur danse, et me sentais libre, je n'entendais plus la musique, seule la courbe parfaite des fils d'Ariane donnait la mesure, je suivais le fil et puis..

FIN